Paixão
IRRESISTÍVEL

Universo dos Livros Editora Ltda.
Rua do Bosque, 1589 – Bloco 2 – Conj. 603/606
CEP 01136-001 – Barra Funda – São Paulo/SP
Telefone/Fax: (11) 3392-3336
www.universodoslivros.com.br
e-mail: editor@universodoslivros.com.br
Siga-nos no Twitter: @univdoslivros

CHRISTINA LAUREN

Paixão IRRESISTÍVEL

São Paulo
2014

UNIVERSO DOS LIVROS

Published by arrangement with the original publisher, Gallery Books, a Division of Simon & Schuster, Inc.

Diretor editorial: **Luis Matos**
Editora-chefe: **Marcia Batista**
Assistentes editoriais: **Cássio Yamamura, Nathália Fernandes e Raíça Augusto**
Tradução: **Felipe CF Vieira**
Preparação: **Ana Luiza Candido**
Revisão: **Isabela Norberto**
Arte e adaptação de capa: **Francine C. Silva e Valdinei Gomes**
Design original da capa: **Fine Design**
Foto: **Mayer George/Shutterstock**

Dados Internacionais de Catalogação na Publicação (CIP)
Angélica Ilacqua CRB-8/7057

L412p

Lauren, Christina
Paixão irresistível / Christina Lauren; tradução de Felipe CF Vieira.
– São Paulo : Universo dos Livros, 2014. (Beautiful Bastard, 5).
112 p.

ISBN: 978-85-7930-685-3
Título original: *Beautiful Bombshell*

1. Literatura americana 2. Literatura erótica 3. Ficção
I. Título II. Vieira, Felipe CF

14-0094 CDD 813.6

Para Martha, nossa própria poderosa irresistível (e guerreira do câncer).

Um

BENNETT RYAN

– Na dúvida, deixe Max Stella planejar sua despedida de solteiro.

Olhei para meu irmão, Henry, depois de ele ter praticamente *cantado* isso. Ele estava recostado numa poltrona de couro, segurando um *gimlet* com vodca, após ter voltado de uma sessão "privada" numa misteriosa sala dos fundos, e exibindo o maior sorriso cretino que eu já tinha visto. Ele não estava olhando para mim quando falou; estava assistindo a três lindas mulheres num palco dançando e tirando a roupa guiadas por um ritmo lento e pulsante.

– Eu pretendo ter apenas uma – eu murmurei, tomando um gole do meu drinque.

– Bom – Will Sumner, sócio e melhor amigo de Max, inclinou-se para chamar a atenção de Henry. – Mas *você* pode acabar precisando de outra despedida de solteiro se a sua atual esposa descobrir sobre as dançarinas profissionais que estão de olho em você agora. Pelo jeito deste lugar, elas não fazem *só* uma dança privada, se é que você me entende.

Fazendo um gesto de desdém, Henry disse:

– Foi realmente só uma dança privada – depois, ele sorriu para mim: – Embora tenha sido *ótima*.

– Teve final feliz? – eu perguntei, meio curioso e enojado.

Henry sacudiu a cabeça rindo e, em vez de responder, apenas tomou um gole de seu drinque. Eu conhecia muito bem o meu irmão para saber que nunca trairia sua esposa, Mina, mas ele era muito mais da turma do "o que os olhos não veem, o coração não sente" do que eu.

Max escolhera uma boate de luxo para começar o final de semana, que com certeza seria de farra. Embora meu casamento com

Chloe fosse em junho, o único fim de semana em que Max, Henry, Will e eu poderíamos nos encontrar para minha despedida de solteiro era o segundo fim de semana de fevereiro. Esperávamos ter uma luta ferrenha com as mulheres para que elas nos deixassem viajar para Las Vegas, ainda mais para ter um final de semana numa data que coincidia com o dia dos namorados, mas, como de costume, elas nos surpreenderam: nem pestanejaram e simplesmente planejaram entre elas uma viagem para as montanhas de Catskills, em Nova York.

Esta boate com certeza não era algo que encontraríamos na internet ou dando uma volta por Las Vegas. Para ser honesto, a boate Black Heart não chamava muita atenção à primeira vista. Ficava enterrada em um prédio de escritórios qualquer, a um quarteirão do trânsito pesado da Las Vegas Boulevard. Mas, lá dentro, depois de três portas trancadas e de dois seguranças que eram quase do tamanho do meu apartamento em Nova York, no interior escuro do prédio, havia uma boate elegante e que tinha uma atmosfera altamente sexual.

A parte principal era um salão enorme com pequenas plataformas elevadas, cada uma com sua dançarina vestindo uma lingerie prateada brilhante. A boate ostentava quatro bares de mármore negro, um em cada canto do salão, e cada um especializado num tipo diferente de bebida. Henry e eu nos dirigimos para o bar de vodcas, onde também pedimos um pouco de caviar, *gravlax* e *blinis*. Max e Will foram direto para o bar que servia uísque. Os outros bares serviam vários tipos de vinho e destilados.

A mobília era toda de couro escuro, incrivelmente macio, e cada poltrona era grande o bastante para duas pessoas... caso algum de nós aceitasse uma oferta de dancinha no salão principal. Garçonetes vestindo todo tipo de biquínis, algumas até nuas, carregavam bandejas com drinques. Nossa anfitriã, Gia, havia começado a noite com um conjunto de chemise e calcinha de renda vermelha, além de joias elaboradas nos cabelos, orelhas e ao redor do pescoço, mas parecia remover alguma peça sempre que falava conosco.

Eu não costumava frequentar esse tipo de lugar, mas até mesmo eu sabia que aquele não era um clube de strip comum. Era impressionante em todos os sentidos.

– A questão é: – disse Henry, interrompendo meus pensamentos – quando o noivo vai receber seu tratamento especial?

Ao meu redor, os outros responderam com várias palavras de incentivo, mas eu já estava negando com a cabeça.

– Eu dispenso. Não curto muito essa coisa de dança privada.

– Como você pode não gostar de ter uma mulher gostosa dançando no seu colo? – Henry perguntou, incrédulo. Meu irmão e eu nunca havíamos visitado uma boate daquele tipo em nenhuma de nossas viagens de negócios. Acho que fiquei tão surpreso com o entusiasmo dele quanto ele ficou com minha aversão àquilo tudo. – Você não tem sangue quente?

Eu assenti.

– Tenho. Acho que é justamente este o motivo de eu não gostar disso.

– Isso é besteira – Max disse, colocando seu drinque na mesa e acenando para alguém num canto escuro do outro lado do salão. – Esta é a primeira noite da sua despedida de solteiro, e uma dança privada é obrigatória.

– Talvez vocês se surpreendam, mas eu concordo com Bennett – Will disse. – Dança privada de mulheres estranhas não são legais. Onde você coloca a mão? Onde você olha? Não é a mesma coisa do que estar com uma namorada. É muito impessoal.

Enquanto Henry argumentava que Will obviamente nunca tivera uma boa dança privada, Max se levantou para falar com um homem que pareceu se materializar do nada. Ele era mais baixo que Max – o que não era incomum – e tinha cabelos grisalhos nas têmporas. Seu rosto e olhos exibiam o tipo de calma que me dizia que ele já havia visto muita coisa, e fizera ainda mais. Seu terno era escuro e impecável, e seus lábios estavam apertados formando uma linha fina. Entendi que deveria ser o infame Johnny French que Max mencionara durante o voo até Las Vegas.

Embora eu tivesse pensado que eles estavam falando sobre arranjar uma dança privada para mim, fiquei observando enquanto Johnny murmurava algo e Max se virava para a parede, com nervosismo estampado em seu rosto. Eu podia contar nos dedos da mão as vezes em que presenciei Max parecer qualquer coisa que não fosse relaxado, então me inclinei, tentando entender o que estava acontecendo. Henry e Will permaneciam distraídos, voltando sua atenção para as dançarinas que já estavam nuas no palco. Finalmente, os ombros do Max relaxaram como se tivesse chegado a alguma conclusão, e então ele sorriu para Johnny, murmurando:

– Certo. Obrigado, cara.

Com um tapinha no ombro de Max, Johnny se virou e foi embora. Max sentou-se novamente e apanhou seu drinque. Sinalizei com meu queixo em direção à porta que Johnny usou para sair, atrás de uma cortina preta.

– Sobre o que vocês estavam conversando?

– Sobre o quarto que está sendo preparado para você.

– Pra *mim*? – pressionei a mão no peito e sacudi a cabeça. – Eu já disse, Max. Vou dispensar.

– De jeito nenhum.

– Você está falando sério?

– Com certeza estou falando sério. Ele me disse que você precisa cruzar aquele corredor – Max apontou para outra porta – e se dirigir para Netuno.

Eu gemi, recostando-me na poltrona. Embora a boate parecesse ser a melhor da cidade – ou de qualquer outro lugar – eu não pretendia receber um tratamento especial de uma dançarina qualquer de Las Vegas.

– Apenas vá lá e deixe a mulher se esfregar em você – Max me encarou com os olhos cerrados. – Você está tirando sarro da minha cara com essa choradeira? Essa é sua maldita *despedida de solteiro*. Aja como o homem que você costumava ser.

Eu o estudei, imaginando por que estava tão firmemente plantado em sua poltrona enquanto me forçava a sair da minha.

– Johnny também preparou um quarto para você? Você não vai pedir uma dança?

Ele riu, encostando o uísque nos lábios e murmurando.

– É só uma dança privada, Ben. Não é uma ida ao dentista.

– Filho da mãe – erguendo meu drinque, fiquei olhando para a bebida. Eu sabia, quando entrei nessa, que haveria mulheres, bebidas e provavelmente atividades questionáveis, mas a verdade era que Chloe sabia disso também. Ela disse para eu me divertir e não mostrou nenhuma indicação de preocupação ou desconfiança. E nem precisava.

Tomei um gole e murmurei um "dane-se" antes de me levantar e ir em direção ao corredor. Meus amigos surpreendentemente não aplaudiram minha saída, mas mesmo assim eu podia sentir a atenção deles em minhas costas enquanto eu andava até o corredor do lado esquerdo do palco principal.

Assim que passei pela porta, percebi que o carpete mudara de preto para um azul-escuro, e o espaço parecia ainda menos iluminado que o do bar. As paredes eram forradas com o mesmo veludo preto, e havia luz suficiente apenas para mostrar o caminho à frente. De um lado do longo corredor havia portas com os nomes dos planetas: Mercúrio, Vênus, Terra... No final, na porta em que havia uma placa escrita "netuno", eu hesitei. Será que já haveria uma mulher lá dentro? Será que haveria uma poltrona para mim, ou pior, uma *cama*?

A porta era decorada e pesada, parecia ter saído de um castelo ou algum porão gótico. *Maldito Max!* Estremeci e girei a maçaneta, suspirando de alívio quando vi que não havia vestígio de chicotes e algemas, e nenhuma mulher lá dentro, apenas um grande sofá com uma pequena caixa de prata em cima. Amarrado à caixa com uma fita de seda vermelha havia um cartão branco com o nome "Bennett Ryan" escrito numa caligrafia ornamentada.

Ótimo. A dançarina safada de Vegas já sabe meu nome.

Dentro da caixa havia um venda de cetim preto e um cartão com as palavras "Vista isto".

Eu deveria vedar meus olhos para uma dança privada? Por quê? Apesar de não querer uma hoje, não significava que nunca havia experimentado isso antes. A menos que o procedimento tenha mudado nos últimos anos, espera-se que em uma dança privada você possa olhar, mas não tocar. Que diabos eu deveria fazer se estivesse com os olhos vendados quando ela entrasse? Com certeza eu não iria tocá-la.

Deixei a venda no sofá e ignorei a instrução. Os minutos se passaram e cada vez mais eu me convencia de que de jeito nenhum ficaria vendado naquele quarto.

Eu quase podia ouvir o som da minha própria irritação aumentando. Soava como um rugido de ondas quebrando nas pedras. Fechando os olhos, respirei fundo três vezes e depois olhei os arredores com mais cuidado. As paredes eram cinza claro e o sofá azul-escuro. O quarto parecia mais um provador de alguma loja chique do que um quarto em que diversos homens recebiam muito mais do que *apenas uma dança*. Passei a mão sobre o couro do sofá, e só então percebi um segundo cartão no fundo da caixa. Com a mesma caligrafia, havia outra frase.

"Vista a maldita venda, Ben, não seja covarde."

Com um gemido, apanhei a venda, levei-a até a cabeça e hesitei por um segundo antes de cobrir meus olhos. Eu já estava planejando uma maneira de me vingar de Max. Ele me conhecia a mais tempo do que qualquer outra pessoa em minha vida, com exceção da minha família, e sabia o quanto eu valorizava fidelidade e controle. Então, pedir que eu entrasse num quarto desconhecido e vendasse os olhos foi o jeito que ele arranjou para me sacanear.

Eu me recostei no sofá e esperei, ainda sentindo minha irritação aumentar. Comecei a ouvir sons que não tinha notado antes: a música abafada dos outros quartos, o som de portas abrindo e fechando com cliques pesados. E então, ouvi a maçaneta girando e a porta do meu quarto se abrindo, sendo arrastada gentilmente pelo piso acarpetado.

Meu coração começou a acelerar.

Assim que senti o perfume desconhecido, minhas costas se enrijeceram com desconforto. Com exceção do cheiro, eu nada sabia sobre quem estava ali e eu odiava não ser capaz de ver o que se aproximava de mim. Ela fez algo contra a parede: ouvi um farfalhar, um leve clique, e depois uma música calma e rítmica encheu o quarto.

Mãos quentes e suaves apanharam meus pulsos e gentilmente posicionaram minhas mãos ao lado do meu corpo. *Não pode tocar? Sem problema.*

Permaneci sentado sem me mexer quando ela se abaixou sobre mim. Seu hálito cheirava a canela, seus quadris raspavam no meu colo, as mãos pressionavam meu peito. Então, seria assim: eu ficaria vendado, ela dançaria em cima de mim, depois eu iria embora? Comecei a relaxar. A mulher se mexia, passando a cintura sobre minhas coxas, as mãos se movendo gentilmente sobre meu peito. Eu podia sentir seu corpo o suficiente para que a venda não fosse tão absurda assim, mas se eu fosse o tipo de homem que gosta dessas coisas, estar privado de minha visão teria sido um obstáculo.

Mas talvez Max soubesse que assim seria a única maneira de essa experiência não ser insuportável para mim. Essa ideia me fez querer chutar seu traseiro com um pouco menos de intensidade.

A dançarina rolou por cima de mim, exalando ar quente em meu pescoço, e embora não fosse totalmente desagradável, logo ficou constrangedor. Meu medo inicial de manter contato visual, ou ter que sorrir, ou parecer que estava ali voluntariamente, se dissolveu. Comecei a entender que a dança não era para *nenhum de nós dois*. Certamente ela não estava tirando nada além de dinheiro daquela situação e, por causa da minha venda, eu nem precisava fingir que estava gostando. Comecei a me concentrar na música que estava tocando. Não era nenhuma que eu conhecia, mas era fácil de acompanhar e eu soltei o resto da minha tensão quando a música entrou em sua previsível parte final. Em cima de mim, a pobre mulher diminuiu o ritmo e pousou as mãos em meus ombros.

Quando a música terminou, o único som que restou no quarto era a respiração acelerada da stripper.

Ela vai embora? Eu tenho que falar alguma coisa?

Sentindo meu estômago congelar, entendi muito bem que talvez o show estivesse apenas começando.

– Olá, senhor Ryan – sua respiração aqueceu minha orelha e eu me assustei com o som. *Mas que diabos?* Fechei meus punhos com força. – Está tão quente aqui e eu fiz a minha melhor dança, mas você não ficou nem um pouco duro – ela se aproximou e lambeu meu pescoço enquanto baixava os quadris sobre meu pau. – Bom – ela riu –, *agora* está.

Chloe "Filha da mãe" Mills.

Minha mente explodiu com várias reações: alívio e raiva, choque e constrangimento. Mas pelo menos consegui fazer aquilo que sempre faço em *quase* todas as minhas relações de negócios: *esconda sua reação até transformá-la na reação desejada.* Chloe estava aqui, em Las Vegas, e não esquiando nas montanhas de Catskills. Ela entrou no quarto e me encontrou vendado e esperando por uma dançarina que iria fazer exatamente o que ela acabara de fazer: dançar nas minhas coxas e se esfregar no meu pau.

Mas ela estava certa: em nenhum momento fiquei excitado. Eu queria tirar a venda e me gabar disso, mas hesitei, sem ter certeza de como ela iria querer terminar tudo isso.

Contei até dez antes de perguntar:

- Isso foi algum tipo de teste?

Ela se aproximou e beijou minha orelha.

- Não.

Eu não iria explicar por que estava naquele quarto; não havia feito nada de errado. Mesmo assim, senti uma estranha guerra dentro de mim: uma excitação por ela ter preparado tudo isso e uma raiva por ter me enganado.

-Você está encrencada, senhorita Mills.

Ela pressionou um dedo nos meus lábios, depois o prendeu entre nossas bocas com um breve beijo.

- Estou apenas feliz por estar certa. Max me deve cinquenta dólares. Eu disse a ele que você odiaria receber uma dança privada de uma estranha. O limite da sua ereção é a infidelidade.

Engoli com dificuldade e assenti.

- Usei todas as minhas armas, mas não consegui *nada*. Não se mexeu nem um pouquinho. É bom mesmo você não saber que era eu, ou então, para ser honesta, vou me sentir insultada.

Sacudindo a cabeça, eu murmurei:

- Não. Esse perfume... É estranho. Você odeia chiclete de canela. E eu não consigo te ver nem te sentir.

- Você pode agora - ela disse, levantando minhas mãos e colocando-as em suas coxas nuas. Subi acariciando até a cintura e senti pequenas pedrinhas em sua calcinha. *Que diabos ela está usando?* Eu estava morrendo de vontade de tirar a venda, mas já que ela ainda não o tinha feito, suspeitei que isso era outra coisa que deveria esperar que ela fizesse.

Passei as mãos em suas coxas, descendo pelas pernas, e repentinamente quis transar naquele quarto de boate de Las Vegas. Meu alívio por ser a Chloe naquele momento comigo e não uma estranha qualquer em meu colo provocou uma injeção de adrenalina em meu sangue.

- Sinta-se livre para me foder aqui neste quarto, senhorita Mills.

Ela se inclinou e beijou meu maxilar.

- Hum... talvez. Quer uma segunda chance para desfrutar de uma dança privada?

Eu assenti e suspirei quando ela retirou a venda e expôs seu... *visual*. Ela vestia um sutiã minúsculo com alças de cetim que parecia totalmente feito de pedras preciosas com o mínimo de tecido possível. A calcinha era igualmente frágil e ainda mais fascinante. As amarras de cetim nas laterais diziam que eu provavelmente não deveria destruir essa calcinha.

Passando o dedo por seu torso, ela sussurrou:

- Gostou da minha nova lingerie?

Fiquei vidrado nas pedras preciosas decorando sua pele, cintilando tanto como diamantes. Ela parecia uma obra de arte.

- Serve - eu murmurei antes de beijar a área entre os seios.

- Você quer me tocar?

Assenti novamente, olhando em seu rosto e sentindo meus olhos tornarem-se sombrios diante da maneira como ela me observava, com fome e incerteza ao mesmo tempo.

Ela sorriu e lambeu os lábios.

- Isso não foi um teste. Mas - ela disse, olhando para minha boca - o fato é que você veio até este quarto esperando uma desconhecida dançar para você. Você vestiu uma venda e qualquer outra mulher poderia ter entrado aqui e tocado aquilo que é meu – ela ergueu o queixo e analisou meu rosto. – Acho que eu mereço alguma compensação.

Com certeza.

– Concordo.

– E, de acordo com as normas – ela apontou para uma pequena placa na parede que sugeria que os homens que tocassem nas garotas seriam jogados de cima da Represa Hoover –, você ainda não tem permissão para me tocar livremente.

Eu não sabia o que ela queria dizer com "livremente" e eu ainda estava preso em baixo dela, então simplesmente deixei minhas mãos caírem em suas coxas e aguardei as instruções. Meu corpo estava tenso e pronto para o que ela quisesse. Tudo que precisava fazer era mandar e então eu jogaria sua calcinha, intacta, no chão e tiraria minha calça num segundo.

Ela se levantou, andou até o aparelho de som e a música começou de novo.

Eu realmente era um cara de sorte. Eu tinha a namorada mais gostosa do mundo inteiro. Lambendo meus lábios, assisti enquanto ela voltava para mim.

Chloe subiu em cima de mim, montando em minhas coxas.

– Tire minha calcinha.

Puxei os laços delicados de cada lado e lentamente a tirei de seu corpo, jogando-a para o lado.

– Agora, ponha as costas da mão na sua coxa e levante quantos dedos você quiser que eu foda – ela sussurrou.

Eu pisquei.

– O *quê?*

Ela riu, mordendo os lábios antes de acrescentar bem lentamente:

– Ponha as costas da sua *mão* na sua *coxa*, e levante quantos *dedos* você quiser que eu *foda*.

Ela estava falando sério? Sem tirar os olhos dela, eu deslizei a mão até minha coxa, virei a palma para cima e ofereci meu dedo do meio.

– Que tal este?

Ela olhou para baixo e riu.

– Pode ser, mas talvez seja melhor pelo menos mais um. Preciso de algo mais parecido com seu pau.

– Você realmente vai foder só os meus *dedos*? Meu pau já está pronto e esperando, e você não pode fingir que essa não é a melhor opção para todos os envolvidos.

– Você estava prestes a receber uma dança de uma stripper de Las Vegas – ela retrucou, erguendo uma sobrancelha. – Seu pau nem estava interessado há cinco minutos.

Suspirando, eu fechei os olhos e levantei três dedos.

– Quanta generosidade – ela sussurrou, erguendo os quadris e pairando sobre a ponta dos meus dedos. – Você vai ser um marido fabuloso se continuar assim.

– Chloe... – abri os olhos quando ela vagarosamente desceu sobre meus dedos. Ela já estava molhada, e eu a observei de cima a baixo, com suas coxas macias abertas sobre minha calça escura, toda nua, com exceção do sutiã minúsculo.

Chloe envolveu meu pescoço com as mãos e começou a se mexer, erguendo o corpo e rebolando ao descer novamente, raspando o clitóris na palma da minha mão. De novo, de novo, e de novo. Eu impulsionava meu quadril para cima, buscando algum contato. Eu podia sentir seu aroma no ar, podia ouvir cada um de seus sons afogados. Entre os seios, o suor deixava sua pele brilhando. De jeito nenhum eu admitiria o quanto eu adorava assisti-la usando meu corpo para seu próprio prazer.

– Sua maldita provocadora – eu rosnei, adorando o peso de seus braços forçando meus ombros para baixo. A visão dela era demais para meu corpo, e eu tinha certeza de que conseguiria gozar se ela se abaixasse só mais um pouco e raspasse a coxa em meu pau duro dentro da calça. – Vou sair daqui ainda excitado e cheirando a mulher.

Circulando os quadris, ela sussurrou:

– Não me importo.

Porém, quando ouviu minha voz, eu notei seus mamilos enrijecidos dentro do sutiã. Ela sabia o quanto eu estava duro, e ela se importava *muito* com isso.

Chloe ofegou quando eu enrolei meus dedos e levei minha outra mão às suas costas para guiar seus quadris. Pressionei meu polegar em seu clitóris, sentindo que eu mesmo estava quase explodindo só de assisti-la. Seu corpo ansioso apertou meus dedos. Mesmo num quarto estranho com sabe-se-lá-o-quê acontecendo ao redor, eu conseguia fazê-la gozar em questão de minutos. Ela era tão contraditória: generosa e provocante, determinada e tímida.

– Você *acaba* comigo, Chloe.

– Percebeu que eu vou gozar logo? – nossos olhos não desgrudavam um do outro. Passei a mão ao lado de seu corpo, arrastando a ponta dos dedos por suas costelas.

– Sim – eu sussurrei.

– E ainda assim isso te deixa louco? Sabendo que faz isso comigo tão rápido?

Eu assenti, e subi a outra mão até seu ombro e o pescoço. Apertei sua jugular, querendo sentir seu pulso acelerar quando gozasse.

– Adoro saber que mais ninguém te deixa tão molhada assim.

Seus olhos castanhos ficaram pesados de desejo.

– Acho que eu te provoco assim porque preciso que me deseje todos os segundos do dia. Você é o único que eu permitiria me possuir deste jeito.

A palavra "possuir" provocou uma faísca em meu peito, um sentimento selvagem que eu não podia mais controlar. Seus lábios estavam tão perto dos meus, exalando aquele aroma de canela, sua pele coberta com aquele perfume diferente... A realidade do quão longe ela fora capaz de ir para me enganar foi como gasolina jogada numa fogueira. Eu impulsionei meu corpo para frente e me desintegrei: meu beijo foi profundo e foi um castigo, liberando toda a fome por seu sabor e seu corpo.

Ela se afastou apenas o suficiente para ofegar e dizer:

– Você quer me ouvir?

- Quero que a boate inteira te ouça.

Suas mãos agarraram os cabelos em minha nuca e seus quadris vacilaram, prendendo meus dedos profundamente dentro dela enquanto cavalgava loucamente loucamente em minha mão.

- Oh, Deus - mordendo os lábios, ela se arqueou para trás e eu me inclinei sobre seu pescoço, chupando, mordendo sua maldita pulsação.

Senti o martelar de sua veia em meus lábios, senti cada uma de suas respirações ofegantes, senti Chloe tencionar sobre mim e ao meu redor quando gozou. Com um grito rouco, Chloe disse meu nome e sua voz enviou uma vibração à minha língua, enquanto eu lambia sua garganta.

Ela parou e se aninhou em meu corpo, saciada e relaxada, segurando meu pescoço com as duas mãos. Seus polegares apertaram gentilmente meu pulso e ela chupou meus lábios antes de mordê-los de um jeito louco. Soltei um rosnado surpreso, e não sabia o que isso dizia sobre mim, mas, por um segundo, pensei que aquela mordida me faria gozar em minha calça.

- Isso... - ela sussurrou - foi *inacreditável*.

Erguendo-se cautelosamente de minha mão, ela se levantou e ficou de pé com as pernas trêmulas. Eu beijei a pele suada entre os seios e puxei sua mão até ela agarrar meu pau por cima da calça.

- Você fica tão linda quando goza, Chloe. Sinta o quanto você me deixa duro.

Ela apertou e começou a mexer lentamente.

Meus olhos se fecharam e eu implorei:

- Agora, quero você de joelhos. Quero sua boca em mim.

Mas, para meu horror absoluto, ela tirou a mão e foi pegar a calcinha no chão.

- O que você está fazendo?

Ela amarrou os laços de cetim de cada lado da cintura e apanhou um roupão de um gancho na parede, vestiu-o e sorriu para mim.

- Satisfeito?

Eu retribuí seu olhar sóbrio.

– Você está falando sério?

Ela se voltou para mim, erguendo minha mão esquerda até sua boca, deslizando meu dedo anelar entre os dentes e envolvendo-o com a delicada suavidade de sua língua. Depois, soltou meu dedo com uma piscadela, sussurrando:

– Estou falando sério.

Meus braços tremiam de tensão, meu pau pulsava com o eco de sua boca e a gentil sucção.

– Então... não, ainda não estou satisfeito, Chloe. Nem mesmo um pouco.

– Mas eu estou – ela disse, sorrindo docemente. – Eu me sinto *fantástica*. Espero que você aproveite o resto de sua despedida de solteiro.

Eu me recostei, observando-a amarrar o roupão na cintura. Minha pele estava quente, febril, e enquanto se vestia, ela não tirava os olhos de mim, adorando minha frustração.

Tentei esconder minha necessidade, decidindo fingir que eu estava bem. Gritar iria apenas deixá-la mais satisfeita consigo mesma. Distanciamento frio sempre funcionava melhor quando Chloe se comportava como uma provocadora cretina. Mas quando aliviei a expressão em meu rosto, ela riu baixinho, nem um pouco surpresa.

– O que você vai fazer agora? – por alguma razão, eu nem tinha pensado o que ela faria quando fosse embora. Será que viajaria direto para casa?

Encolhendo os ombros, ela murmurou:

– Não sei. Jantar. Talvez assistir a algum show.

– Espere. Você está aqui com mais alguém?

Ela olhou para mim e encolheu os ombros novamente.

– Que merda, Chloe? Você pelo menos vai me dizer onde está *hospedada*?

Ela me olhou de cima a baixo, demorando-se mais no meio das minhas pernas. Então sorriu.

– Num *hotel* – ela se endireitou e ergueu uma sobrancelha. – Ah, e feliz dia dos namorados, senhor Ryan.

E com isso, ela saiu do quarto e entrou no corredor.

Dois

MAX STELLA

Bennett Ryan parecia estar prestes a devolver o almoço em cima da mesa.

– Eu dispenso. Não curto muito essa coisa de dança privada.

Seu irmão, Henry, se inclinou, horrorizado.

– Como você pode não gostar de ter uma mulher gostosa dançando no seu colo? Você não tem sangue quente?

Bennett murmurou alguma desculpa, e eu não poderia realmente culpá-lo porque eu também não queria ter uma mulher desconhecida subindo no meu pau. Mas ele não tinha a menor ideia do que o esperava lá atrás. Praticamente tive que arrastá-lo da poltrona até o quarto para que ele pudesse começar a noite do jeito certo.

– Isso é besteira – eu disse, gesticulando para Johnny, que esperava meu sinal perto do corredor. – Esta é a primeira noite da sua despedida de solteiro, e uma dança privada é obrigatória.

Johnny assentiu e encerrou sua conversa com os seguranças antes de se aproximar lentamente. Cada segundo que se passava contribuía para minha impaciência. Quanto mais Johnny demorasse, mais tempo levaria para que Ben tomasse coragem e fosse até o quarto, e mais tempo minha garota teria que esperar.

Quando finalmente chegou, Johnny sorriu para mim.

– Ei, Max. O que posso fazer por você?

– Acho que já está na hora de começar as festividades.

Johnny assentiu e apanhou algo em seu bolso.

– Chloe está em Netuno. É só atravessar o Corredor Azul, à esquerda do palco.

Eu assenti e esperei. Finalmente, quando ele não ofereceu mais nenhuma informação, eu perguntei:

– E a Sara?

– Ela está no Quarto Verde do Corredor Preto. À *direita* do palco – disse Johnny. Ele se aproximou para acrescentar: – Posicionada do jeito que ela pediu.

Eu me surpreendi, escondendo em meu bolso meu punho fechado.

– Ela pediu para ser *posicionada*? – que diabos aquilo significava?

– Só um lacinho aqui, outro ali – Johnny ficou me olhando com um pequeno sorriso, mostrando o quanto ele se divertia com a minha reação.

Olhei ao redor do salão escuro para os clientes espalhados nos sofás de couro ou no bar de granito negro. Eu podia sentir minha pulsação em meu maxilar de tanto apertar os dentes numa expressão que eu sabia que não me era característica.

Eu estava em conflito; curioso com esse aumento de confiança entre eles, mas precisando saber o que ele vira, e *onde* tocara. Sempre que Sara ficava amarrada no Red Moon, era eu quem fazia a tarefa.

– Ela te deixou tocá-la?

Johnny olhou para mim, aumentando o sorriso.

– Pois é.

Ele não vacilou diante do meu olhar. Apenas me deixou boiando em meu ciúme, sabendo que eu estava cheio de gratidão mais do que qualquer outra coisa. Nos últimos nove meses, Johnny havia feito muito por nós, e embora meu olhar fosse de raiva, eu sabia que não era um simples favor que ele estava me concedendo hoje, com Chloe e Sara tomando um espaço valioso em sua boate lotada.

Eu o encarei de volta e devolvi o sorriso.

– Certo. Obrigado, cara.

Johnny deu um tapinha em meu ombro ao se retirar e murmurou:

– Divirta-se, Max. Você tem uma hora antes do próximo show no Quarto Verde – com isso, ele voltou para o Corredor Preto, o mesmo onde eu encontraria Sara, *posicionada, amarrada.*

Senti um desejo frenético crescer em meu peito. Um aperto, igual sinto no começo de uma partida de rúgbi... porém, mais profundo dentro de mim. Espalhava-se do meu peito até todos os membros, pulsando em todas as pontas dos dedos. Eu precisava chegar até ela e dar-lhe aquilo que ela implorara fazer em Las Vegas.

Quando contei à Sara que o único fim de semana em que poderíamos fazer a despedida de solteiro do Bennett seria o mesmo do dia dos namorados, sua primeira reação foi dar risada e me lembrar que ela odiava o dia dos namorados. Andy sempre estragava esse dia, ela disse, e eu fiquei secretamente satisfeito por ela não querer fazer nada de especial. Nós celebrávamos nossa relação quase todas as noites em minha cama, e *precisamente* toda quarta-feira em nosso quarto no Red Moon. O dia dos namorados era só uma mancha insignificante comparado àquilo.

Mas a segunda reação de Sara foi chegar mais perto, passar as mãos em meu peito e perguntar se poderia viajar também.

– Prometo não estragar o resto da festa – ela sussurrou, com olhos arregalados combinando misteriosamente incerteza e luxúria. – A despedida de solteiro pode continuar como planejada; eu quero só brincar no Black Heart uma vez.

Antes que eu pudesse responder, eu a beijei, e aquele beijo se transformou nas mãos dela em meu cabelo e minha boca em seu seio. E terminou em sexo forte e rápido na mesa da cozinha. Depois, eu desabei sobre ela, ofegando contra a pele molhada de seu pescoço.

– Sim, com certeza você pode ir a Las Vegas.

Relaxando meu rosto, voltei a me sentar e senti a atenção de Bennett sobre mim quando apanhei minha bebida.

– Sobre o que vocês estavam conversando? – ele perguntou, observando Johnny desaparecer no corredor.

– Sobre o quarto que está sendo preparado para você.

– Pra *mim*? – Bennett apertou o peito com a mão, já resistindo à ideia. – Eu já disse, Max. Vou dispensar.

– De jeito nenhum.

– Você está falando sério?

Nós discutimos mais um pouco até eu perceber que ele cederia. Seu rosto se tornou determinado e ele hesitou, contemplando sua vodca, depois tomou tudo num gole só.

– Dane-se – disse Bennett, que levantou de uma vez e marchou determinado até o corredor.

Eu me forcei para não fazer a mesma coisa. O nome de Sara ecoava em meus ouvidos. Eu a amava tão loucamente que era até surpreendente que esta não fosse a minha despedida de solteiro também. O número de vezes em que eu quase a pedi em casamento era absurdo. Mas de algum jeito, eu sabia que ela podia ver em meu rosto: aquele momento quando eu começava a implorar para ela viajar comigo, casar comigo, se mudar para minha casa... e então pensava duas vezes. Em todas essas ocasiões ela me perguntava o que eu estava prestes a dizer, e então eu dizia que ela estava linda em vez de "eu não vou sossegar até você se casar comigo".

Várias vezes eu precisava me lembrar de que estávamos juntos há apenas seis meses – quase nove, contando nosso arranjo inicial – e Sara estava arisca sobre qualquer assunto matrimonial. Ela continuou com seu apartamento, mas francamente, não sei por quê. Nos dois primeiros meses depois de nossa reconciliação, nós dividíamos o tempo entre nossas duas casas, mas a minha era maior, mais bem mobiliada, e a iluminação do meu quarto era melhor para nossas fotografias. Logo Sara estava em minha cama todas as noites da semana. Ela seria minha para sempre, mas eu precisava me lembrar de que não precisava ter pressa.

Depois de esperar um tempo após a saída de Bennett, deixei meu copo na mesa e olhei para Will e Henry.

– Cavalheiros, agora é a minha vez de deixar uma linda dançarina usar meu colo como palco.

Os dois mal tiraram os olhos das outras *strippers* e eu tinha certeza de que eles não se importavam em qual corredor eu estava entrando.

O corredor à esquerda do palco era de quartos privados, cada um nomeado com o nome de um planeta. Era destinado principalmente para danças privadas, igual à que Bennett estava recebendo naquele momento. Em minha opinião, a única coisa interessante naqueles quartos hoje era o fato de que ele estava com Chloe.

Mas os quartos à direita do palco, identificados simplesmente com cores, serviam para outro propósito. Ninguém podia entrar neles, com exceção de alguns funcionários e de um grupo muito seleto de clientes. A seção separada por um cordão era para clientes que pagavam pelo privilégio de assistir a atos sexuais. Igual ao Red Moon em Nova York, o Black Heart em Las Vegas servia uma parte da população que era muito rica e altamente voyeurística.

Assim como eu esperava, nenhum dos meus amigos me olhou quando levantei, dei a volta em nossa mesa e fui até os fundos do salão. Mesmo não olhando, eu não queria chamar a atenção deles andando direto para o corredor privado.

Andei ao longo da parede até a frente, onde estava um homem com quase o dobro da minha altura, usando um terno preto e fones de ouvido. Assentindo, ele desenganchou o pesado cordão preto de seda e me deixou passar pela grossa cortina de veludo.

Eu tinha acesso irrestrito. Porém, nenhum dos meus amigos poderia entrar aqui atrás, independentemente da lábia dos irmãos Ryan. Eu fiz Johnny prometer que eles não iriam encontrar acidentalmente comigo e com Sara.

Já estive no Red Moon com ela vezes suficientes para saber o que acontecia nos outros quartos.

No Quarto Vermelho, havia uma mulher nua sendo chicoteada por um homem enquanto outro derramava cera quente em seus seios.

No Quarto Branco, a mão de um homem desaparecia dentro de uma mulher amarrada em cima da mesa com pernas e braços estendidos.

No Quarto Rosa, vi de relance três mulheres transando ao mesmo tempo com um cara.

O carpete era grosso, silenciando meus passos. Aqui, diferente do Red Moon, as janelas para o quarto eram menores, porém, havia mais delas. Dava a sensação de assistir a um show diferente em cada uma, ou com um ângulo diferente da mesma cena: coisa típica do voyeurismo. Aprendi nos últimos meses que os exibicionistas – embora ousados e fetichistas – raramente mostravam algo que não fosse sexo extremo. O que não era ruim; de acordo com Johnny, a maioria dos clientes queria ver coisas que não encontraria em outros lugares, muito menos em seus próprios quartos.

Mas havia uns poucos que frequentavam o Red Moon às quartas-feiras especificamente para assistir a mim e à Sara. Nossas noites lá eram mais importantes do que quase qualquer outra obrigação, fosse trabalho, amigos ou família; o Red Moon nos permitia expressar algo de que nós dois precisávamos. Nos últimos meses, assumimos totalmente nosso fetiche exibicionista, conversando sobre isso por horas quando voltávamos para a minha cama ou para a dela.

Ainda não havia ninguém assistindo nosso quarto quando cheguei, então pude entrar sem ser notado. Como sempre, a porta para o Quarto Verde estava destrancada. Nenhum cliente se atreveria a testar uma maçaneta numa das boates do Johnny.

Era um quarto pequeno, igual aos outros, com apenas uma cadeira de metal e uma mesa. A decoração simples dizia que toda minha atenção – e a atenção de todos assistindo do corredor – seria voltada para a mulher que estava deitada em cima da mesa.

Ela estava vendada. A curva de sua bunda perfeita estava erguida no ar. Suas costas estavam retas e relaxadas. Quando a porta se fechou atrás de mim, ela mordeu os lábios e eu pude ver um estremecimento percorrer seu corpo.

– Sou eu, minha flor.

Ela nem precisava me ouvir dizer isso. Eu percebia só de olhar sua postura que ela sabia que era eu, mas eu quis confirmar mesmo assim. Sara estava completamente relaxada, com a cabeça virada para o lado, o rosto apoiado na mesa, e eu me permiti um momento para admirá-la.

Cada tornozelo estava amarrado a uma perna da mesa, abrindo-a o suficiente para que eu pudesse tomá-la do jeito que quisesse. Ela estava com a cintura dobrada e as mãos amarradas nas costas com a fita que Johnny mencionara. Sua pele estava macia e impecável, a boca molhada e levemente aberta. Olhei novamente para seu corpo, e como se pudesse sentir minha atenção, Sara ergueu a bunda mais um pouco.

Eu me aproximei, passando a mão entre seus ombros. Ela deu um leve sobressalto, gemendo de prazer enquanto minha mão deslizava por suas costas.

– Você está absolutamente *linda*.

– Sua mão está fria – ela sussurrou. – A sensação é ótima.

Realmente, sua pele estava quente. Acho que ela estava febril por causa da excitação e da ansiedade por não saber quando eu chegaria, e não saber quem poderia vê-la antes que eu pudesse colocar os olhos nela. Deslizei um dedo entre a bunda até chegar à fonte de sua umidade. Ela já estava molhada. Meu pau endureceu diante da visão e da sedução em meus dedos. Quando deslizei dois dedos para dentro, Sara se contorceu na mesa e fiquei aliviado ao ver que Johnny não a havia amarrado com muita força.

Sara conheceu Johnny sob a luz do dia logo após nossa reconciliação, em agosto passado. Embora tivessem se encontrado brevemente após nossa primeira noite na boate, Sara queria poder conversar com ele longe daquele mundo; ela disse que se sentiria mais confortável se pudesse conhecer o homem por trás daquilo tudo. Nós o encontramos numa pequena cafeteria no Brooklyn. Johnny – assim como todo mundo – ficou encantado no momento em que Sara o cumprimentou com um beijo no rosto, agradecendo por tudo que ele fizera por nós.

Eles simplesmente combinaram instantaneamente. Johnny a entendia de um jeito que pensei que apenas eu fosse capaz. Ele a adorava e era muito protetor, e com certeza seria o único outro homem que ela permitiria que a tocasse. A confiança que ela estendeu a ele era também um testemunho de sua confiança em mim.

Olhei para suas curvas molhadas, o contraste da fita vermelha envolvendo os pulsos e os tornozelos, a forte e suave extensão de suas costas. Meu peito se apertou com um desejo tão profundo que quase perdi a voz.

– Desde quando você está aqui?

Ela encolheu os ombros levemente.

– Johnny saiu faz uns dez minutos. Disse que você chegaria logo.

Eu me abaixei para beijar seu ombro.

– E aqui estou eu.

– Aí está você.

– Foi difícil esperar?

Sara lambeu os lábios antes de responder.

– Não.

– Algumas pessoas estão assistindo o quarto ao lado – eu disse, beijando suas costas. – Acho que eles passaram e viram você aqui sozinha, esperando por mim.

Ela estremeceu e engoliu um suspiro afogado.

– Aposto que você sabia disso. Aposto que você *adorou*.

Ela confirmou.

– Você sabe o quanto eu te amo?

Novamente, ela confirmou silenciosamente, e seu pescoço e costas coraram. Mais do que qualquer coisa, Sara adorava saber que tinha alguém assistindo nossa transa. Nem sempre eu a amarrava; às vezes, era ela quem comandava, subindo sobre meu corpo e me cavalgando, ou me tomando em sua boca. Nessas vezes, ela gosta de olhar em meu rosto. Seus olhos ficavam vidrados em cada uma de minhas reações fascinadas, como se ainda não acreditasse no poder que possui sobre mim.

Mas outras vezes – em algumas poucas noites na boate do Johnny – ela pedia para ser vendada, apenas imaginando minha expressão enquanto eu a olhava, sentia, fodia.

Estendi o braço e desatei o nó em seus pulsos. Senti quase como se estivesse abrindo um presente. Sara flexionou as mãos e colocou os baços para trás, agarrando a beirada da mesa.

– Eu iria sugerir que você fizesse exatamente isso.

Ela sorriu sobre o ombro na minha direção, com a venda ainda impedindo que ela me enxergasse.

– Foi o que pensei.

Então, nós dois ouvimos ao mesmo tempo: um barulho no corredor, como se alguém tivesse deixado cair uma bandeja inteira de bebidas. Nós nunca tínhamos certeza de quando estávamos sendo observados. No Red Moon, os quartos eram à prova de som; aqui, as paredes eram grossas, mas o som não era tão abafado.

Na minha frente, Sara estremeceu, arqueando as costas.

– Aparentemente, eles vão ficar tempo o bastante para tomarem um drinque – deslizei minhas mãos entre a mesa e o corpo dela até chegar aos seios. – Linda – beijei o ombro, o pescoço, as costas, levando minhas mãos até o meio de suas pernas. Lambendo, mordendo, eu não conseguia resistir àquela pele perfeita.

– Que ótimo – sussurrei, puxando a cadeira perto o bastante para eu sentar e morder a curva de sua bunda. – Acho que só temos tempo para uma pequena degustação – com minhas mãos na parte de trás de suas coxas, eu a abri e beijei seu clitóris, sentindo o sabor de onde ela estava mais quente e doce.

– Max – ela estava quase sem voz.

– Sim? – fechei os olhos e a chupei de novo. – Você é tão perfeita aqui – eu a beijei no exato lugar onde ela me receberia. – Precisamente *aqui*.

– Por favor. Agora – suas coxas tremiam em minhas mãos.

– Você não quer gozar na minha boca? – eu perguntei, já me levantando para abrir meu cinto.

– Sei que não temos muito tempo. Quero sentir você dentro de mim antes que precise ir embora.

Baixando minha cueca, eu a provoquei um pouco em sua entrada, deslizando meu pau por cima de seu clitóris.

– Antes de começarmos, preciso saber sua opinião sobre uma coisa.

Ela gemeu, empurrando seu corpo contra mim.

– Precisa saber onde colocar?

Eu me abaixei e beijei suas costas, rindo.

– Não, sua safada. Vai ser rápido demais para isso.

Sara lambeu os lábios, esperando.

Bem posicionado em sua entrada, eu perguntei:

– O que você acha de fazer sem proteção? Eu tenho uma camisinha no bolso.

Sua respiração acelerou.

– Sem nada.

Meu peito se apertou e fiquei olhando para ela, querendo absorver o momento apenas mais um pouco. Ela estava amarrada numa mesa, nua e pronta para mim. Nunca usávamos camisinha em casa, mas na boate e com a noite toda pela frente era um pouco diferente.

Eu me abaixei sobre ela, entrando tão lentamente que senti cada centímetro dela se abrindo para me receber. Sara gritou, erguendo os quadris para me acomodar mais profundamente. Nessa posição, com nossa diferença de altura, eu podia me abaixar sobre todo seu corpo e sussurrar em seu ouvido.

– Tem certeza?

– Tenho.

– Pois acabei de entrar em você sem proteção, minha flor. Se eu *gozar* dentro de você, o pessoal que está tomando os drinques lá fora vai saber que você pertence a mim.

Ela gemeu, agarrando com força a beirada da mesa.

– E daí?

– Daí que você vai ficar com meu orgasmo dentro de você depois que eu sair. Gosta disso?

– Você vai saber... – ela sussurrou, mexendo no mesmo ritmo que eu. – É *disso* que eu gosto. Quando você estiver lá fora, sentado com seus amigos, ou jantando em algum lugar, você ficará pensando sobre como eu ainda posso te sentir dentro de mim.

– Com certeza – coloquei minha mão entre suas pernas e esfreguei em toda a parte.

Comecei lentamente, apenas provocando, assistindo a mim mesmo mergulhar e emergir. Mas a realidade da noite estourou minha pequena bolha particular e me lembrei de que não teria horas para desfrutar daquilo. Seria um prazer rápido; eu teria tempo para outras coisas só mais tarde.

Ela ofegou quando saí por inteiro e entrei novamente com força, começando um ritmo tão forte e rápido que fez a mesa chiar contra o chão. Sara recebeu tudo com sua bunda perfeita levantada no ar, empurrando de volta tão forte e rápido quanto eu investia para frente.

Com um gemido quieto, ela sussurrou:

– Max, estou quase lá.

Circulei meus dedos sobre seu clitóris, pressionei com força, mexi com rapidez. Eu conhecia o corpo daquela mulher tão bem quanto o meu próprio; sabia a velocidade que ela queria, a força que desejava. Sabia o quanto ela adorava o som de seu nome em minha voz.

– Minha flor – eu gemi. – Estou morrendo de vontade de sentir você gozar no meu pau.

Jogando a cabeça para trás, ela pressionou a nuca em meu ombro, soltando um gemido suave e demorado.

– Mais. Mais.

– Eu te amo demais, Sara.

E isso foi a gota-d'água; seus dedos agarraram a mesa com tanta força que até embranqueceram, e seu orgasmo se acumulou ao meu redor, explodindo no mesmo ritmo que seus suaves sons eróticos.

– O que você está sentindo? – eu disse, quase sem voz em seu ouvido. – Poder? Controle? Aqui está você, vendada e amarrada numa mesa e eu estou completamente *perdido* em você. Tão perdido que mal consigo respirar.

Expirando pesadamente, ela pareceu se derramar na mesa, totalmente saciada.

– Amor.

Meu orgasmo se anunciava e meus quadris aceleraram.

– Amor? – eu repeti. – Você está amarrada depois de gozar na frente de sabe-se-lá-quem, e você sente amor? Você deve estar perdida em mim do mesmo jeito que eu estou com você.

Ela virou a cabeça e capturou meus lábios. Sara me entregou sua boca, sua língua, seus gemidos roucos e famintos, e isso me levou à loucura e me fez perder o ritmo, com meus quadris batendo nela com força até que meu corpo finalmente se rendeu ao orgasmo.

Eu parei, sentindo tonturas e desfrutando de seus beijos lentos e lânguidos após o êxtase. O quarto desapareceu, e por mais clichê que possa soar, o tempo parou. Tudo naquela noite era seu corpo, seus lábios, seus olhos se abrindo e me encarando enquanto nos beijávamos.

Lentamente, eu saí de dentro dela, e forcei seus lábios a diminuir seu ataque para que eu pudesse apenas curtir o formato de sua boca. Passei dois dedos sobre seu sexo, adorando a maneira como ela tremia sob meu toque. Entrando com os dois dedos, eu ainda podia sentir o calor da fricção, a evidência do meu prazer.

– Safada – eu sussurrei, entrando profundamente dentro dela.

Puxei meus dedos de volta e sorri quando seu corpo pareceu não querer me soltar. Mas ela precisava se levantar e se alongar; e eu precisava continuar a minha noite.

Fiquei de pé e fechei minha calça, depois me ajoelhei para desamarrar suas pernas. Ela se endireitou e se espreguiçou antes de virar e se sentar na mesa, puxando meu corpo pela camisa para ficar entre suas pernas.

– O que vocês vão fazer agora? – ela perguntou, passando as mãos em meu peito.

– Jantar, eu acho – eu me afastei apenas para buscar seu roupão no canto do quarto. As outras pessoas já a haviam olhado o suficiente. – E vocês?

– Jantar – ela disse, dando de ombros. – Depois, não sei – ela me encarou com um sorrisinho provocador. – Talvez a gente vá para outra boate.

– Fazer o quê? – eu perguntei, rindo. – Assistir uns caras de fio dental balançar a bunda na sua frente? Não, minha flor.

Os olhos dela se arregalaram, levemente desafiadores.

– Bom, vocês vão se divertir do seu jeito, nós vamos nos divertir do nosso.

Sorrindo, eu a beijei, deixando-a passar as mãos em meu rosto até chegar à nuca.

- Eu poderia foder por horas - ela sussurrou em minha boca, e eu quase fiquei louco; era raro ouvir Sara provocar, mas quando fazia, ela sempre me deixava duro. - Eu sinto um vazio pensando no quanto eu quero você hoje à noite.

Eu gemi e pressionei meu rosto em seu pescoço.

- Eu sei, eu sei - ela murmurou, e quando apertou meu peito com as mãos, eu dei um passo para trás para que ela pudesse levantar. - Tenho certeza de que Chloe já acabou. É melhor irmos.

Saímos pela mesma porta que usei para entrar; era a única maneira de sair ou entrar no quarto. Eu preferia a saída separada do Red Moon. Uma coisa era saber que havia pessoas lá fora, outra bem diferente era possivelmente encontrar com elas.

Mas por sorte, quem estava lá fora já havia debandado, provavelmente depois de ter me visto envolver Sara com o roupão. Quando passamos pelo corredor, nós nos misturamos entre os outros clientes, e eu não pude deixar de imaginar se eles teriam nos visto.

Três

BENNETT RYAN

Eu não conseguia decidir se estava me sentindo muito bem – afinal, eu basicamente havia feito minha noiva gozar em três minutos num quarto dos fundos de uma boate de Las Vegas – ou se estava mais frustrado do que já estive em muito tempo. Maldita Chloe. A maneira como ela foi embora parecia uma punição por eu estar em Las Vegas no dia dos namorados. Mas que merda! Do jeito que eu conheço minha noiva, eu sabia que – independentemente de nossos papéis no mundo do marketing – ela considerava esses feriados criados pelo mercado totalmente ridículos. É claro que ela havia apenas aproveitado a oportunidade para fazer um joguinho e me deixar no seu estado favorito: irritado e excitado.

E maldito *Max*, também. Ele sabia que Chloe me provocaria desse jeito? E, se sabia... bom, isso é meio pessoal demais e um pouco constrangedor. Vou ter que chutar seu traseiro ou escrever "babaca" com caneta permanente na testa dele quando ele estiver dormindo.

Mas minha vingança teria que esperar. Quando voltei, Max havia sumido, e Henry e Will já estavam com cara de quem havia bebido e se divertido demais com as mulheres da boate.

– Como estão as coisas por aqui? – eu perguntei, sentando em minha poltrona e apanhando o que pensei que fosse um drinque quase vazio. Mas não. O drinque era novo e meu prato de comida estava cheio. Olhei para Gia do outro lado do salão e ergui meu copo para ela. Apesar das atividades depravadas da boate, os funcionários certamente trabalhavam muito bem. Ela assentiu para mim, sorrindo, depois desapareceu atrás do bar. Não pude deixar de notar que, enquanto eu estive fora, ela havia retirado toda sua roupa e agora servia as mesas completamente nua.

Eu esperava que ela gostasse disso. Para mim, aquilo parecia com um dos meus pesadelos recorrentes.

– Como foi lá atrás? – Henry perguntou, sem tirar os olhos do palco. Eu provavelmente poderia colocar fogo em sua poltrona e ele não notaria até que seu cabelo queimasse e a fumaça bloqueasse sua visão.

Eu o estudei, tentando descobrir se ele sabia sobre Chloe, mas Henry não mostrou nenhum sinal de que participara da conspiração e nem parecia muito interessado na minha resposta. Will também apenas olhou para mim com um pouco de curiosidade.

– Foi tudo bem.

– E rápido – Will comentou.

Eu sorri. Com certeza foi rápido. Eu quase quis que um deles *soubesse* o que havia acontecido, para que eu pelo menos pudesse me gabar.

– Tem umas mulheres incríveis por aqui – Henry murmurou. – Eu poderia assistir a isso pelo resto da noite.

Will se espreguiçou, olhando o relógio.

– Estou faminto. Não temos reservas para o jantar? Já são quase dez horas.

– Cadê o Max? – eu perguntei, novamente olhando ao redor do salão. Seria impossível encontrá-lo sem checar todos os cantos e bares.

– Sei lá – Will disse, encolhendo os ombros e tomando seu uísque. – Desapareceu logo depois de você.

Demorei um segundo para que tudo se encaixasse em minha mente: Sara também estava aqui. Chloe não respondeu quando perguntei se estava sozinha, mas é impossível ela ter vindo até aqui só para isso. A menos que tenha planejado voltar para um quarto de hotel e tomar um longo banho de espuma, ela com certeza tinha outros planos. Se eu havia recebido um quarto apenas para ficar com Chloe, com certeza Max também estava se divertindo com sua namorada em algum lugar.

Depois de eu ter tomado outro drinque inteiro, Max voltou para a mesa, chegando por trás de nós. Não consegui vê-lo se aproximar.

- Caras! - ele exclamou, batendo nas minhas costas. - Vocês estão gostando de todos esses mamilos expostos?

Cada um murmurou uma variação desinteressada de "sim, claro, é demais". Com uma risada que denunciava o quanto estava relaxado, Max se sentou na poltrona ao meu lado.

- Como foi sua dança, Ben? - ele perguntou, com os olhos brilhando. - Não foi nada mal, não é?

Dei de ombros e observei seu sorriso bêbado. Ele parecia tão relaxado quanto eu estava irritado.

- Você acabou de transar, não é, seu maldito filho da mãe.

Seus olhos se arregalaram e ele se aproximou.

- E *você* não?

- Merda nenhuma - eu sussurrei, sacudindo a cabeça. Max explodiu numa risada. - Ela cuidou de si mesma, depois foi embora.

Ele soltou um assovio baixo, depois suspirou.

- Pelo jeito você vai ter que compensar isso quando voltar pra casa...

Ele estava falando sério? Ele esperava que eu a liberasse pelo resto da noite - talvez até pelo resto do fim de semana - depois de ter feito uma coisa daquelas?

- Para onde elas vão? - eu perguntei em voz baixa.

Max encolheu os ombros, apanhando um pouco de caviar com um *blini* do meu prato.

- Na verdade, eu não sei. Acho que elas vão embora amanhã de manhã.

- Onde estão hospedadas?

- Sei lá. Sara cuidou de tudo - ele parecia tão menos preocupado com tudo isso do que eu... mas é claro que na verdade também deveria estar. Ele claramente havia acabado de transar em algum quarto dos fundos enquanto eu assistia Chloe se masturbando com a minha mão.

Olhei para a parede oposta bem no momento em que Chloe e Sara saíam do corredor preto, rindo juntas e de braços dados. Max seguiu meus olhos e suspirou longamente.

- Meu Deus, elas são adoráveis.

– Queria saber para onde estão indo – eu murmurei.

Max olhou para mim, sacudindo a cabeça como se pudesse ler minha mente.

– Nós temos uma longa noite planejada, meu amigo.

– Tenho certeza que sim.

– E elas estão se divertindo do jeito delas.

– Também tenho certeza disso

Max fez uma pausa quando Sara percebeu que ele a estava olhando. Havia algo no olhar dela, algo pesado e suplicante. Atrás dela, Chloe estava revirando a bolsa e olhou em nossa direção. Seus lábios se abriram e suas mãos seguraram o peito. Em seus olhos eu podia ver uma preocupação genuína. Talvez até um toque de culpa.

– Você está bem? – ela disse apenas movimentando a boca.

Se ela se sentisse culpada depois do que fizera, eu ficaria feliz.

– Não.

Mas qualquer sinal de culpa se apagou quando Chloe sorriu maliciosamente, jogando um beijo e puxando Sara pelo braço. Juntos, Max e eu ficamos apenas olhando enquanto elas deixavam a boate.

– Merda – Max sussurrou. – Nós somos dois malditos sortudos.

Eu suspirei.

– É verdade.

Nós nos encaramos. Eu sabia que ele tinha planos para a noite toda. Mas ainda era sexta-feira e ficaríamos em Vegas até terça. Seria mesmo tão ruim se eu escapasse por apenas uma hora?

Ele se aproximou, agarrou meu braço e começou a rir.

– Nem *pense* nisso, Bennett.

—

Depois da atmosfera sombria da boate, estar do lado de fora era quase como ser atingido por holofotes. Grandes hotéis ocupavam o céu noturno e, mesmo de longe, nós podíamos ver o brilho das luzes de neon de cada cassino. E havia barulho em toda parte. O som do trânsito chegava até nós enquanto esperávamos por nosso motorista. Carros paravam do outro lado da rua, deixando passageiros e apanhando outros antes de seguir. Pessoas de todos os tipos e tamanhos andavam de um lado para o outro. Buzinas e sirenes ecoavam.

E havia água em todos os lugares - desde pequenas fontes em estacionamentos, até as enormes cachoeiras dos grandes hotéis, onde todos os turistas jogavam moedas - até mesmo onde estávamos, longe da agitação e do glamour dos grandes cassinos.

Como se tivesse lido minha mente, Henry se aproximou de uma fonte de três andares, olhou para o fundo antes de atirar uma ficha de pôquer para ricochetear na superfície.

- Quem diria que haveria tanta água no deserto?

Will vinha andando atrás de nós, tirando seu casaco, embora estivesse frio.

- Água é uma necessidade para a vida - ele disse. - Para uma sociedade sobreviver, é preciso água para manter a população. Um uso tão arrogante e extravagante de um recurso necessário mostra que a comunidade está prosperando. Uma população que prospera faz as pessoas se sentirem otimistas, e um turista otimista gasta mais dinheiro e impulsiona a economia - ele encolheu os ombros e jogou um chiclete na boca. - Além disso, até que é bonito, você não acha?

Henry ficou boquiaberto.

- Você realmente é um nerd.

- Não é mesmo? - Max disse, sorrindo com diversão.

Will levantou o queixo em direção a Henry.

- Não fui eu quem acabou de jogar uma ficha de cem dólares numa fonte por ter sido condicionado a isso. Então, obrigado por provar minha teoria.

Henry arregalou os olhos e correu até a fonte.

- Filho da mãe.

Will se recostou na parede, com as mãos no bolso e o casaco enrolado no braço.

– Então, como vai ser o resto do nosso fim de semana? Jantar e o que mais? Pular de paraquedas? Sacrificar uma virgem? Tatuagens comemorando a castração do Ben?

Eu sorri com o canto da boca. Will se tornara parte de nossas vidas desde que Max e Sara haviam se reconciliado. Nós cinco nos encontrávamos várias vezes por semana para almoçar, jantar e sair. Will era o solteirão do grupo e sempre gostava de lembrar que Max e eu éramos dois escravos eunucos.

– O que você não consegue entender, Will, é o benefício de transar só com uma mulher. Ela acaba aprendendo *exatamente* o que fazer. Estou mais do que feliz em entregar meu pau numa bandeja para Chloe.

Henry voltou da fonte e se aproximou de Will.

– Além disso, aposto cem dólares que você não consegue achar uma virgem por aqui.

Will olhou para a mão estendida de Henry e riu.

– Nós acabamos de sair da boate e você já jogou fora uma ficha de cem dólares e ofereceu uma aposta de cem dólares. Mal posso esperar para ver o que você faz num cassino.

– Eu ganho dinheiro – Henry disse, batendo no peito exageradamente e depois estremecendo.

Eu gemi, esfregando o rosto.

– Eu não posso te trazer pra lugar nenhum.

– Você acabou de ganhar uma esfregada de uma stripper, Benny – Henry disse, apertando meus ombros. – Como você pode estar mal-humorado? Você deveria estar com um sorriso de orelha a orelha.

Virei na direção da risada do Max.

– Deixa ele. Nosso Ben está apenas um pouco frustrado, só isso.

Max idiota. Com as mãos no bolso e aquele sorrisinho bobo no rosto, ele era o retrato da indiferença, exatamente o oposto do que eu estava sentindo.

Eu poderia estrangular a Chloe agora – uma sensação que já havia se tornado muito familiar desde o dia em que a conheci. Depois de todo esse tempo ela *ainda* conseguia me irritar como ninguém. Para ser honesto, não sei qual de nós é mais cretino: ela por se excitar em me provocar desse jeito, ou eu, por gostar tanto disso.

– Então, quais são os planos? – Will repetiu, saindo da parede. – Vamos ficar aqui a noite todo assistindo a irritação do Ben ou...?

Max checou o relógio.

– Jantar. Minha mãe fez reservas para nós no Craftsteak do MGM. Dizem que é um dos melhores.

Procurando nosso motorista, virei para olhar a rua e um lampejo verde chamou minha atenção. *Chloe*. A última vez que a vi ela estava com Sara, toda sorridente e provocante enquanto saíam da boate. Agora, elas esperavam na calçada tentando pegar um táxi.

Olhei rapidamente para Max, que estava ocupado discutindo com Will e Henry sobre a possibilidade de se comer uma bisteca de um quilo em menos de quinze minutos. Perfeito.

Avistei nosso carro, que virava a esquina, e percebi que teria de agir rápido. Apenas com uma vaga ideia do que fazer, eu fiz uma careta e apertei meu estômago.

– Você está passando mal, Bennett? – Will perguntou, erguendo uma sobrancelha.

– Estou bem. É só meu estômago que está um pouco irritado... deve ser minha úlcera de novo.

Max cerrou os olhos.

– Você tem uma úlcera?

– Sim – eu respondi, prendendo a respiração para melhorar a cena.

– *Você*. Uma úlcera.

Eu me endireitei um pouco.

– Qual o problema?

Ele coçou a testa e olhou para mim cético.

– Só acho um pouco estranho que o grande e poderoso Bennett, aquele cuja pressão sanguínea mal se altera, mesmo nas reuniões mais estressantes, e que não se importa com a opinião alheia, incluindo a nossa, possa ter uma úlcera.

Nosso carro estacionou no mesmo momento que um táxi parou para Chloe e Sara.

– Bom, eu tenho – eu retruquei, olhando em seus olhos. Nosso motorista abriu a porta e esperou. *Todos* esperaram, olhando para mim e para Max alternadamente.

– Por que esta é a primeira vez que estou sabendo desse negócio de úlcera? – Henry perguntou.

– Porque você não é meu médico nem minha mamãe – eu respondi. Todos ficaram olhando para mim em silêncio com diferentes níveis de preocupação, e no caso do Max, com desconfiança. – Olha, por que vocês não entram no carro enquanto eu dou um pulo numa farmácia? Vi uma logo ali na rua.

Max continuou me olhando por cima da porta do carro.

– Por que você não vem com a gente e paramos no caminho?

– É melhor não – eu disse, dispensando-o. – Vou precisar da minha receita e não quero que ninguém fique esperando por minha causa. Vão na frente. Eu encontro vocês no restaurante.

– Por mim tudo bem – Henry disse, entrando no carro.

– Podemos esperar – Will ofereceu, mas sem muito entusiasmo. Claramente os outros não se importavam em deixar um cara buscar seu maldito remédio sozinho, menos o Max.

– Não, ele sabe se virar – Max disse, com um sorrisinho maroto. – Acho que o pobre Ben na verdade está com dor de barriga e está com medo de fazer na calça – ele se virou para mim. – Encontramos você no restaurante.

Eu o encarei com o rosto fechado. Ele tinha sorte por eu não ter tempo para discutir. E tinha sorte por eu não ter tempo de ir até lá e dar um soco na cara dele.

– Encontro vocês lá.

—

Esperei apenas o suficiente para o carro sair antes de me virar e enxergar o táxi de Chloe e Sara parado no sinal vermelho. Se eu corresse, ainda dava tempo de alcançá-las. Consegui chamar outro táxi, e quando embarquei, prometi uma pequena fortuna ao motorista se ele me levasse para onde elas estavam indo. Eu não sabia direito o que faria ou como ficaria sozinho com ela, mas eu estava operando no piloto automático: alcançar Chloe, ficar sozinho com ela, ter um orgasmo.

Minha noiva havia me surpreendido com uma dança privada numa boate, agora eu subia num táxi para uma perseguição de carro. Minha despedida de solteiro tinha começado oficialmente.

—

O táxi delas parou logo depois e as duas saíram. Paguei meu motorista, mas continuei no carro, observando por um momento enquanto elas conversavam, cada uma apontando para um lado diferente – Sara para o Planet Hollywood, e Chloe para o Cosmopolitan. Quando chegaram a uma decisão, elas se despediram com um beijo no rosto e cada uma seguiu para uma direção.

Perfeito.

Desci do carro e segui Chloe em meio à multidão de turistas, até ela entrar num cassino. O interior parecia confuso e demorou um pouco até que eu me acostumasse. Cores vibrantes, luzes piscando e os sons dos caça-níqueis preenchiam o ambiente enquanto eu olhava ao redor. Eu a avistei perto da entrada, virando para subir as escadas.

Milhares de gotas de cristal penduradas no teto seguiam a curva da imensa escadaria. Do meu ponto de vista, parecia que Chloe estava sumindo dentro de um gigantesco lustre.

Eu a segui, permanecendo longe o bastante para poder admirar sua bunda perfeita e tentando entender o quê exatamente ela estava fazendo ali. Será que iria se encontrar com alguém? Embora nunca houvesse mencionado, talvez ela tivesse amigos em Las Vegas. Ou talvez estivesse apenas esperando Sara terminar o que estava fazendo do outro lado da rua. Meu sangue se aqueceu só de pensar no *mistério* de Chloe; nós morávamos juntos, trabalhávamos juntos, e para todos os efeitos, nossas vidas eram completamente entrelaçadas. Mas gostei de saber que ela nunca abriria totalmente o jogo. Por causa de sua forte independência, eu nunca iria saber tudo que se passava em sua mente. Mesmo que fosse inteiramente *minha*, Chloe sempre seria um desafio.

Quando nos aproximamos do terceiro andar, seu destino ainda não estava claro, e a malandragem de seu joguinho estava me causando um aperto no peito. Eu me rendi, faminto pela nossa rotina na qual eu discuto com ela e depois faço o que quiser com seu corpo. Com apenas alguns passos mais largos, eu me aproximei e agarrei seu braço.

– Você está muito encrencada – eu rosnei em seu ouvido.

Senti seu corpo endurecer por um momento antes de relaxar e se recostar em meu peito.

– Fiquei pensando quanto tempo levaria até você me encontrar.

– *Você* – eu disse, enquanto continuávamos subindo a escada – já falou demais por hoje. Estávamos completamente no meio da cortina de cristais, que parecia nos envolver por todos os lados, cintilando sob a luz suave. – Chegou a hora de você fechar essa boca... até eu mandar abrir.

Chegamos ao terceiro andar, onde havia um bar impressionante, cujas prateleiras eram repletas de garrafas incrustadas de joias e as paredes eram forradas com ainda mais cristais. Seguindo em frente, eu a conduzi até um canto escuro. Sorrindo, notei uma placa sobre uma porta: eu precisava ficar sozinho com Chloe sob as minhas condições e, honestamente, sempre nos saímos muito bem em banheiros.

Um senhor idoso com os cabelos tingidos de preto ergueu os olhos e se surpreendeu quando entramos no banheiro dos homens. Estendi a mão para cumprimentá-lo e pressionei uma nota dobrada em sua palma.

– Muito barulho lá fora – eu disse, indicando a direção do cassino e do bar do outro lado da porta. – Talvez você possa nos dar uns minutos para conversarmos sozinhos?

Ele olhou para o dinheiro, arregalou os olhos e depois sorriu para mim.

– Conversar?

– Sim.

Seu olhar recaiu sobre Chloe.

- Tudo bem com você, senhorita? Talvez hoje não pareça, mas quando eu era jovem eu podia acertar um engomadinho desses sem ele nem saber o que o atingiu.

Ao meu lado, Chloe riu.

- Algo me diz que o senhor ainda consegue - ela disse com uma piscadela. - E, acredite em mim, eu também sou perfeitamente capaz de acertar esse engomadinho.

- Disso eu não duvido - seu sorriso se abriu, revelando dentes muito brancos. - Sabe - ele disse, olhando para o relógio. -, acabei de perceber que está na hora do meu intervalo - ele apanhou um chapéu pendurado num gancho e piscou ao virar lá fora uma placa que dizia "Fechado para limpeza". Olhei para Chloe por um momento quando a porta se fechou, depois cruzei o banheiro para trancá-la.

Chloe pulou no grande balcão de mármore e sentou-se enquanto me olhava, cruzando as longas pernas. O banheiro era luxuoso, parecia mais uma sala de estar com cabines adjacentes do que um banheiro tradicional. O chão tinha o mesmo estilo de mármore negro e dourado que o resto do cassino, com três poltronas numa parede e um sofá de couro no meio. Um enorme lustre de cristal ficava pendurado no centro da sala, refletindo luzes coloridas para todo o lado.

- Então, estou encrencada? - ela perguntou, com um olhar esperançoso.

- Muito encrencada.- dei um passo em sua direção.

- Isso parece um tema recorrente.

- Pois é.

- Você vai me dizer o que eu fiz de errado? - ela me olhou com os olhos arregalados e o rosto corado. Ela era linda demais. - Por acaso eu deveria ter usado minha própria mão?

- Isso não é engraçado - meu coração martelava em meu peito e a adrenalina queimava em minhas veias. O olhar dela não se abalou quando eu cruzei a sala para abrir suas pernas e me posicionar no meio de suas coxas.

Passei um dedo na pele macia de sua perna até agarrar o tornozelo.

– Esses sapatos não parecem muito apropriados – eu disse, raspando o polegar sobre o couro macio.

Ela continuou me encarando, com aqueles lábios vermelhos, macios e tão tentadores.

– Talvez eu não esteja sendo muito sensata neste fim de semana. É por isso que estou encrencada?

– Você está encrencada porque você é impossível!

Ela ergueu o queixo.

– Aprendi com o melhor.

Subi seu pé até minha cintura e lentamente movi a mão acariciando sua coxa até chegar debaixo da saia. Apertei meu queixo e uma nova onda de frustração percorreu meu corpo quando me lembrei de como ela havia me deixado na boate, do quanto estava orgulhosa em ter me deixado naquele estado, e de como noventa por cento de nossas discussões poderia ser resumida em um de nós tentando arrancar alguma reação do outro. Era uma situação realmente complicada.

Ainda.

E naquele momento, tudo que eu conseguia pensar era empatar o jogo.

Agarrando sua bunda com as duas mãos, ignorei sua reclamação quando a joguei para a beira do balcão.

– Você... – ela começou a protestar, mas eu a interrompi, pousando um dedo em sua boca. Seu perfume ainda era estranho, tinha um aroma floral, não cítrico como de costume, mas debaixo da maquiagem pesada e do perfume, havia algo suave em seu olhar, algo que era inerente à Chloe. Ela podia brincar de se vestir do jeito que quisesse, mas a mulher que era minha sempre estaria lá. Percebendo isso, tive a sensação de que estava me afogando, então me inclinei para frente, substituindo meu dedo por meus lábios e rapidamente me perdi em seus pequenos sons e gemidos. Seu beijo parecia uma droga invadindo minha corrente sanguínea. Agarrei seus cabelos e puxei sua cabeça para trás, querendo mais do que sua língua entre nossas bocas.

Com minha palma contra seu peito, eu a empurrei até deitá-la no balcão, posicionando-a do jeito que eu queria e sem me preocupar com gentilezas. Mas ela estava solícita, os olhos bem abertos reconhecendo nosso jogo, abrindo a boca com a respiração ofegante. Ela se apoiou nos cotovelos e olhou para mim, esperando para saber o que eu faria em seguida.

O tecido leve da saia não parecia nada em minhas mãos quando a subi até a cintura, expondo longas pernas e uma calcinha de cetim diferente. Deixei meus dedos pressionarem sua pele, querendo mantê-la no lugar, marcá-la e ouvi-la implorar por aquilo que desejava.

– Vou te foder com minha boca – eu disse, ajoelhando entre suas coxas e raspando meus lábios sobre o fino tecido da calcinha. – Vou foder com minha língua até você implorar por meu pau. Talvez eu te dê. Talvez não.

Chloe ofegou e agarrou meus cabelos, tentando me puxar.

– Não me provoque, Bennett – ela disse.

Afastei suas mãos, rindo enquanto olhava para ela.

– Você não pode tomar nenhuma decisão hoje, Chloe. Não depois do que fez na boate – respirei no meio de suas pernas, lambendo por cima do clitóris até deixar a calcinha molhada. – Você me beijou, deixou que eu saboreasse seus seios, *gozou na minha mão*, depois foi embora e me deixou lá. Isso não foi nada legal.

– Eu... O quê? – ela disse, com olhos desfocados enquanto olhava para mim e o pescoço cada vez mais vermelho.

Impulsionando para frente, eu prensei seus quadris no balcão, beijando e mordiscando o cetim até deixar a calcinha inteira molhada. Sua cabeça caiu para trás e ela gemeu, sussurrando meu nome na sala vazia.

– Mais alto – eu mandei. – Quero ouvir você.

– Tira a calcinha e me chupa de verdade.

A carência em sua voz enviou um lampejo de eletricidade que atravessou meu corpo. Agarrei a calcinha e puxei, querendo sumir com ela para que não existisse mais nada entre nós.

Ela gritou e se arqueou contra mim no primeiro toque da minha língua em sua pele, com seus dedos enterrados em meus cabelos e sua voz ecoando ao nosso redor.

O lugar não era confortável, mas não importava, e até tinha suas vantagens, pois quando olhei para o lado, enxerguei seu reflexo no espelho e a vi mordendo os lábios e olhando para nós. Encontrei seus olhos enquanto a saboreava, deslizando minha língua ao redor e lá dentro.

Acrescentei um dedo, depois dois, e fiquei olhando eles entrarem e saírem, molhados com todo o desejo dela por mim. Sua voz não era nada mais do que um sussurro enquanto repetia meu nome sem parar, pedindo por mais e abrindo as pernas totalmente. Eu podia sentir seu calor e sua tremedeira quando ela se aproximava do clímax.

– Está gostando? – eu perguntei, fazendo minha voz reverberar nela.

Chloe assentiu, quase sem fôlego, levando as mãos aos próprios cabelos.

– Muito bom. Oh, Bennett, estou muito perto.

Aquilo era uma tortura para mim também, pois eu queria vê-la perder o controle, mas também queria *sentir*, *precisava* sentir.

Tentei esconder meu desespero quando agarrei sua cintura e praticamente a joguei numa poltrona, subindo em cima dela para lamber um caminho do umbigo até o sutiã minúsculo. Desabotoei a parte de cima da minha camisa, abri rapidamente o cinto e a calça. Libertei meu pau e quase gritei quando ela deu um tapa na minha mão e agarrou minha ereção.

– Não – eu disse, virando-a até que ficasse de joelhos. – Você teve sua oportunidade para brincar. Agora é minha vez – ela gemeu quando eu levantei sua bunda no ar, estapeando com força.

Ela ofegou e se virou para olhar em meu rosto.

Lancei um olhar sombrio, acariciando sua pele.

– Você quer que eu pare?

Ela cerrou os olhos.

– Você pode me parar quando quiser – eu murmurei. – Tenho certeza de que isso é uma tortura para você.

Raspei a ponta do meu pau onde ela estava mais molhada e desci até o clitóris, circulando e provocando.

– Você é um filho da mãe – ela disse quase sem voz, e eu dei outro tapa em sua bunda, ainda mais forte. Mas desta vez, ao invés de ficar surpresa, ela gemeu, rouca e faminta.

E então, o resto veio naturalmente: Chloe e os sons que fazia, a maneira como pedia para eu entrar nela e foder de uma vez. E quando fiz isso, estapeando sua bunda de novo, ela implorou por mais e por mais força.

Mas quando tomei o que queria, não achei suficiente; nunca seria. Eu podia sentir o peso disso em meu estômago: o absoluto amor que eu sentia por ela, a constante necessidade de tocar, sentir, tomar e marcar, por dentro e por fora.

Agarrei o tecido de sua camisa e puxei para poder ver os seios balançando enquanto eu metia. Os cabelos caíram em suas costas e eu passei a mão por baixo deles, sentindo os fios gelados contra minha pele. Observei a maneira como ela ia de encontro a meus movimentos, com a saia erguida sobre sua bunda rosada e a cintura fina.

– Eu sinto falta disto – eu disse, cobrindo a marca que fiz. – O tempo todo.

Ela concordou e disse meu nome. Eu pude ouvir a frustração em sua voz quando ela tentou se apoiar em algo e levar a mão entre as pernas.

– Isso mesmo – eu disse, olhando ela se tocar. – Goze.

Isso era o que ela precisava, pois soltou um grito, dobrou as costas para trás e empurrou seu corpo contra meus movimentos. Eu também estava muito perto, mal conseguia pensar, tão faminto por ela que nem respirava direito. Minhas pernas queimavam e os músculos protestavam enquanto eu investia dentro dela. A poltrona rangia no chão e o couro chiava debaixo de nós.

– Bennett. Merda, *Bennett*! – ela gritou. Eu senti um calor se acumular em meu estômago até começar a pulsar através de mim. Minha vista escureceu quando eu finalmente gozei.

Cada parte de mim entrou em colapso de uma vez quando eu desabei, ofegando, e usei a poltrona para me apoiar.

– Puta merda – a sala girava e estava tão silenciosa que minha voz e respiração pareciam ecoar no chão de mármore. Fiquei pensando se alguém poderia nos ouvir.

Ela se levantou, cambaleando levemente enquanto ajeitava suas roupas e entrava numa cabine para se limpar.

– Você sabe que eu vou precisar andar por aí depois? – disse ela.

Eu sorri.

– É claro.

– Você fez isso de propósito.

Deitei de costas e pisquei olhando para o lustre.

– Provavelmente.

Eu sabia que deveria ajeitar minhas roupas e sair para encontrar os caras, mas agora tudo que eu queria era dormir.

Ela se aproximou e se abaixou para me beijar.

– Você precisa comer alguma coisa, ou estará bêbado demais à meia-noite.

Eu gemi, tentando puxá-la para mim, mas ela escapou ao pressionar o dedo entre minhas costelas.

– Mas esse não é o objetivo?

– Tenho certeza que eles estão querendo saber onde você está.

– Eu disse que tinha uma úlcera e falei para eles seguirem sem mim.

– E eles acreditaram em você?

– Sei lá.

– Bom, vá convencê-los de que você já melhorou da sua doença totalmente inacreditável e eu vou achar a Sara.

– Certo – eu disse, levantando e subindo minha calça. Fiquei olhando para ela enquanto penteava os cabelos. – Aliás, onde ela foi?

– Ela está se encontrando com uma amiga que mora aqui. Acho que é uma dançarina. Algum tipo de stripper ou dançarina de cabaré no Planet Hollywood.

– Parece interessante.

Chloe olhou para mim através do espelho com uma sobrancelha erguida.

– Enfim, eu tinha a sensação de que estava sendo seguida, então falei para ela continuar sozinha.

– Uma sensação?

Ela encolheu os ombros, passando o batom.

– Uma esperança.

Fechando o estojo de maquiagem, Chloe o guardou na bolsa e eu a segui até a porta, onde acariciei seu rosto.

– Eu te amo de qualquer jeito.

– Eu também te amo de qualquer jeito – ela disse, beijando minha boca antes de dar um tapa na minha bunda. Um tapa *forte*.

Eu ainda podia ouvir sua risada depois que ela saiu pela porta.

Quatro

MAX STELLA

Fiquei olhando Bennett pelo vidro traseiro enquanto ele andava na calçada a passos largos. Ele olhou por cima do ombro e chamou um táxi assim que pensou que nós já estávamos fora de sua vista.

Caramba. Para alguém conhecido por ser inabalável, ele parecia ferrado. Nem continuou com o fingimento por tempo o bastante para que virássemos a esquina.

Eu me ajeitei no banco, olhando pela janela enquanto as luzes e os turistas passavam como um borrão. Voltei a pensar em Sara. Ela disse que sentia um vazio de tanto me desejar e, *Deus*, só a lembrança daquelas palavras era suficiente para acabar comigo de novo. Ela raramente exigia algo, e mesmo durante nossas semanas mais ocupadas quando mal nos víamos, ela era a mais paciente de nós dois, sempre insistindo para compensarmos o tempo perdido nos fins de semana, ou numa quarta-feira. Ficou quase impossível dizer não quando ela pediu por mais hoje. Mas eu podia ver em seus olhos a maneira como ela havia se arrependido imediatamente, como se soubesse que eu ficaria dividido.

Meu celular vibrou com uma mensagem dela: "`Estou bem, de verdade. Desculpe por distraí-lo`".

Eu sorri quando digitei minha resposta: "`Bem, você é minha distração favorita`".

"`Divirta-se com os garotos`", ela respondeu.

Um estouro chamou minha atenção e olhei para Henry e Will, que tinham acabado de abrir uma garrafa de champanhe.

– Levante a mão quem acha que o Bennett precisava tocar uma no banheiro – Will disse, oferecendo uma taça de champanhe. Eu recusei, preferindo tomar um drinque de verdade no restaurante.

– Bom, nós acabamos de sair de um clube de strip, então dê uma folga ao cara – Henry disse, mostrando seu lado de irmão protetor.

Eu me esforcei para manter minha expressão neutra. Will e Henry não sabiam sobre as garotas, mas estavam perto demais de sacar.

– Henry tem razão – eu acrescentei, surpreso comigo mesmo por defender Bennett depois de ele ter nos abandonado para transar com sua noiva durante a primeira noite de sua despedida de solteiro. – Talvez ele apenas precisasse de um tempo sozinho. O cara é nitidamente comandado por seu próprio pau.

– Ah! – Will exclamou. – Adoro essa sugestão de que você é muito diferente.

Não importava que ele estivesse certo: desde o encontro com Sara eu não havia pensado em mais nada além do que ela estaria fazendo, o que estava vestindo e, claro, onde eu poderia transar com ela. Mas meu lado que adorava discutir com Will não conseguia resistir a responder.

– Admito que Sara ocupa uma grande parte de meus pensamentos – eu comecei dizendo.

– Compreensível – Will interrompeu, lançando um olhar conhecedor.

– *Porém* – eu continuei, ignorando-o –, sou perfeitamente capaz de manter a cabeça focada quando é necessário.

Sem se abalar, ele assentiu e tomou o champanhe, recostando-se no banco de couro.

– Sim. Um empresário focado como você nunca nem sonha em fugir das responsabilidades ou, digamos, das amizades, por uma mulher.

Eu concordei sem muito entusiasmo, sentindo uma armadilha.

– E quando você não foi me buscar no aeroporto quando eu voltei da China porque teve uma "emergência" – ele disse, fazendo aspas no ar –, o que, claro, significava ser chupado pela Sara no banco de trás do seu carro, isso também é um exemplo de você mantendo a cabeça focada, não é?

Senti o peso do tapa de Henry em minhas costas.

– Seu cachorro filho da mãe – ele disse.

Pisquei para o Henry, sabendo que Will ainda estava longe de terminar.

– E quando você me deixou sozinho com três dos clientes mais chatos do planeta por duas horas porque estava comendo a Sara na biblioteca da casa do James... isso também era você mantendo a cabeça focada. Pois é, Ryan podia mesmo aprender com você a como parar de pensar com o próprio pau.

– Acho que você já provou seu argumento – eu ri.

– Estou apenas me certificando – ele disse com um sorriso charmoso, oferecendo um brinde com o champanhe.

Paramos num sinal vermelho pouco depois do MGM, e embora eu estivesse ansioso para jantar, desejei ter pensado em "dar um pulo na farmácia" antes de Bennett.

– Se você mantivesse uma boa agenda – Will continuou –, não ficaria tão desesperado para transar sempre que consegue um tempo livre.

– Agenda? – Henry perguntou.

Eu me inclinei para frente, sorrindo.

– Ele está falando da sua agenda de mulheres. Nosso amigo Will pode estar solteiro, mas certamente não significa que não tenha muitas companhias. Ele mantém seus "relacionamentos" organizados e regulados na sua agenda.

Will franziu o rosto enquanto Henry olhava para nós dois, obviamente confuso.

– Espera aí. Você está dizendo que organiza suas ficadas numa agenda?

– Não – Will respondeu, olhando feio em minha direção. – Significa que as mulheres com quem eu saio sempre sabem umas das outras. Também sabem que eu não estou interessado em nada mais por enquanto, o que funciona perfeitamente porque elas também pensam assim. Todo mundo sai ganhando – ele jogou as mãos para cima e deu de ombros. – Mas você não vai me ver correndo para a farmácia, ou comendo uma garota no meio de uma reunião de trabalho porque eu não consigo encontrar outro horário na minha agenda.

– Certo – Henry e eu falamos ao mesmo tempo.

O carro parou de repente e nós olhamos pela janela.

– Acho que finalmente chegamos – Will disse. – Jesus, por que demorou tanto? Estamos literalmente a três quarteirões de onde saímos.

A porta abriu e nós descemos, olhando a cena ao redor. Era um caos absoluto. Filas de carros parados na rua, muitos ainda ligados e com as portas abertas. Várias pessoas se juntavam em grupos, obviamente sem saber o que fazer.

– Parece que tem um hidrante quebrado – nosso motorista disse, gesticulando por cima do ombro. – Posso deixar vocês aqui, mas vai demorar pelo menos uma hora até eu conseguir voltar.

Henry e Will deram a volta no carro para se juntar a nós e eu suspirei, olhando para o relógio.

– Não deve ser um problema – eu disse. – Vamos jantar e algo me diz que não vai ser rápido – eu estava dividido entre querer uma noite com meus amigos e querer saber se Sara estava bem. Eu estava cada vez mais ansioso e inquieto, apesar do tempo que passara com ela há apenas uma hora.

O motorista assentiu e nós entramos no cassino, seguindo as placas até encontrarmos o restaurante. Havia uma boate ao lado e a batida da música podia ser sentida através das paredes e do chão enquanto cruzávamos o restaurante até nossa mesa. A música que pulsava era semelhante à tensão que se acumulava dentro de mim, como se houvesse uma batida dizendo *Sara, Sara, Sara*.

Olhei para meu celular pela centésima vez e franzi as sobrancelhas quando vi que não havia mais nenhuma mensagem. Onde ela estava? Será que Bennett havia encontrado Chloe? E, se fosse o caso, por que Sara não me enviara uma mensagem?

Comecei a olhar algumas fotos recentes no meu celular: nós dois abraçados na cama; uma foto dela deitada debaixo de mim, relaxada e satisfeita depois de uma boa transa; um *close* dos seios; minha mão em sua bunda enquanto eu a comia por trás em meu escritório tarde da noite.

Percebi que tinha perdido o fio da conversa quando a voz de Will me tirou de meu transe enquanto eu estudava uma foto dos lábios vermelhos de Sara envolvendo meu pau.

– Max – Will disse, batendo na mesa com a mão.

Levantei os olhos, surpreso por encontrar o garçom ao nosso lado e rapidamente desliguei a tela.

– Gostaria de algo para beber, senhor?

– Desculpe – eu murmurei. – Uísque Macallan, puro.

– Doze, dezoito ou vinte e um anos, senhor?

Arregalei meus olhos.

– Vinte e um. *Perfeito*.

Após anotar os pedidos, ele foi embora e eu tentei voltar para o meu celular, mas fui interrompido novamente por Will.

– Compartilhe com os colegas ou guarde essa coisa. Eu sei muito bem o que você tem aí, seu bastardo doente. Nada de garotas, lembra-se do que combinamos?

Henry assentiu e jogou um pedaço de pão em mim.

– Apenas os caras – ele concordou.

– A promessa de eu não ficar segurando vela para vocês foi a única razão para eu ter aceitado viajar até aqui.

Suspirei e guardei o celular, sabendo que ele estava certo. Quando ergui o rosto, me deparei com ninguém menos que Bennett se aproximando de nós.

– Ora, ora, veja quem apareceu – eu disse.

Henry puxou a cadeira para seu irmão.

– Está se sentindo melhor?

Bennett desabotoou o casaco e se sentou.

– Muito – ele disse, sorrindo como um bobo. Exatamente, Bennett Ryan estava sorrindo igual um idiota.

Nossas bebidas chegaram e eu apanhei o meu uísque, olhando para o líquido no copo.

– E nem demorou muito, não é? – eu disse, sentindo uma satisfação quando o rosto dele se fechou apenas pelo tempo suficiente para me olhar feio. – Certas coisas são melhores quando são rápidas. Tipo, visitar a *farmácia*.

– Nada como eficiência para deixar um homem feliz – ele disse com um sorrisinho cretino.

– E você é um rei entre os plebeus – eu disse, rindo e erguendo meu uísque para ele brindar com sua água. – Peça um drinque para celebrar a eficiência das farmácias em todo o país.

– Por que eu tenho a impressão de que estou entendendo só metade dessa conversa? – Will perguntou, parecendo confuso entre nós. Ele cerrou os olhos. – Está acontecendo alguma coisa que nós não sabemos?

Eu soltei uma risada.

– Não sei do que você está falando, meu amigo. Estou só tirando sarro da cara dele.

Henry começou a estudar o cardápio, mas Will não parecia convencido, desviando os olhos apenas quando Henry chamou sua atenção para um carrinho de filé flambado chegando à nossa mesa.

Quando vi que eles estavam distraídos, eu me aproximei de Bennett.

– Onde está Sara?

– Você adoraria saber, não é?

Fechei o rosto.

– Cretino.

– Ei, foi você quem começou tudo isso – Bennett disse, estendendo o braço para apanhar meu drinque.

Eu dei um tapa em sua mão.

– Eu? Do que você está falando?

– Você sabe: a Chloe? Aqui? Por mais grato que eu esteja, não-venha me dizer que não foi você quem sugeriu toda aquela coisa de dança privada.

– Para você.

– Para mim – ele disse, ainda com um sorrisinho. – Certo. Para que eu ficasse distraído e você pudesse ficar com Sara na boate.

Talvez ele tivesse razão e continuou.

– Se a Sara ficasse provocando você por quarenta minutos eu tenho certeza de que você também correria para encontrá-la e... consertar as coisas. Mesmo se tivesse no meio de uma noite com os amigos.

Eu ri.

– É verdade – baixando ainda mais a voz, eu disse: – Este jantar vai demorar pelo menos duas horas. Eu poderia voltar em vinte minutos.

Desta vez, quando ele tentou apanhar meu drinque, eu deixei.

– Ela está visitando uma amiga – ele sussurrou.

Fiz uma pausa.

– Visitando... o quê?

– Ah, isso te incomoda? Te deixa deslocado? Não sei se eu deveria ter contado – ele disse, estudando meu rosto. – Está muito claro que o começo desta noite foi muito melhor pra você do que pra mim. Talvez você devesse se concentrar mais na minha despedida de solteiro em vez de pensar no seu pau.

– Ou – eu comecei – eu poderia contar para o Henry sobre aquela vez que você comeu duas garotas na cama dele quando ele estava preso trabalhando pra você no Natal.

Isso o deixou mais esperto.

– Ela tem uma amiga que dança em algum show no Planet Hollywood. Chloe comentou alguma coisa sobre Sara ter ido lá durante a passagem de som ou entre os shows.

Era só isso que eu precisava saber. Empurrando a cadeira para trás, eu me levantei. Will e Henry olharam para mim.

– Onde você está indo? – Henry perguntou. – Eles têm uma bisteca de um quilo aqui!

– Banheiro – eu disse, colocando a mão na barriga. – Eu... humm... não estou me sentindo bem.

– Você também? – Will perguntou.

Eu assenti, hesitando apenas por um segundo antes de dizer que voltaria logo.

Então praticamente saí correndo do restaurante, sentindo meu sangue martelar quente em meu corpo e aquela necessidade de estar com ela zumbindo debaixo da minha pele.

O cheiro do asfalto atingiu meu rosto enquanto eu andava acelerado pela calçada, procurando a direção do Planet Hollywood em meu celular.

A área de *valet* ainda estava uma bagunça: alguns carros ainda estavam parados no mesmo lugar desde que chegamos e não havia nenhum táxi à vista. *Merda*, como eu chegaria lá? Olhei para o carro ao meu lado: porta aberta, chave pendurada na ignição. Levei menos de cinco segundos para decidir que havia passado minha vida inteira sem nunca ter roubado um carro e isso não poderia continuar assim.

Emprestado, eu pensei. Eu estaria emprestando o carro.

Olhando rapidamente ao redor, entrei e girei a chave. Havia um chapéu preto no banco ao lado. Eu o apanhei e o vesti. *Bom, se você está em Roma...*

Eu não tinha ideia do que estava fazendo quando acelerei pela rua, mas pensei que àquela altura nada mais poderia dar errado.

—

Descobri que dirigir uma limusine roubada – *emprestada* – era tão difícil quanto você pode imaginar. O carro virava igual um tanque e também era discreto como um . Mas o trânsito parecia menos carregado do que eu esperava e logo cheguei ao cassino.

Com os dedos cruzados, entrei no estacionamento subterrâneo, jogando o chapéu e as chaves do meu carro emprestado para o primeiro manobrista que encontrei. Outro item que posso tirar da minha lista de coisas para fazer antes de morrer: emprestar o carro de um estranho durante uma despedida de solteiro em Las Vegas.

Dei de cara com várias escadas rolantes quando entrei no prédio. Sem paciência para esperar a subida, eu corri pelos degraus de dois em dois. Fileiras de neon púrpura preenchiam o teto, junto a um grande lustre brilhante. Segui as placas até os fundos do cassino, parando em frente ao teatro Peep Show.

Dentro do auditório escuro, olhei ao redor. As luzes do palco cobriam todo o lugar com mais luzes roxas – o carpete, os assentos, até as pessoas que andavam pelo palco. Estava silencioso, obviamente era um intervalo entre as apresentações, e havia luz suficiente apenas para eu enxergar Sara no nível inferior e começar a me dirigir até ela. Desci lentamente, observando-a enquanto se sentava, sem perceber minha presença. Ela estava olhando para alguém e sorrindo. Sara ainda conseguia tirar meu fôlego, e ali, banhada de púrpura, eu queria memorizar tudo daquele momento: o brilho em seus cabelos, a suavidade de sua pele. Eu queria uma foto daquele exato instante.

Quando o ensaio começou, a música tomou conta do espaço, as luzes diminuíram enquanto eu descia os últimos degraus até ela. Eu mal podia enxergar minha própria mão na frente do rosto, mas como se ela soubesse que eu estava ali o tempo todo – ou talvez esperasse que eu estivesse – Sara mal reagiu. Um simples olhar, um pequeno sorriso e o pingente dourado que havia lhe dado no Natal balançando entre seus delicados dedos. Pousei a mão em sua coxa, senti seu calor, acariciei a pele e fiz um gesto silencioso para o palco.

Um homem marcava o ritmo enquanto garotas vestindo collants cheios de brilhantes alongavam as pernas e se equilibravam na ponta dos pés. Senti tonturas só de olhar. Elas dançavam, circulando umas às outras até pararem debaixo de um feixe de luz concentrado para se beijarem.

Apertei sua coxa, passei o polegar na barra da saia e ouvi sua respiração se prender levemente. Não havia ninguém além de nós na escuridão dos assentos e me perguntei se o fetiche da Sara de ser observada também valeria para observar outra pessoa.

Minha mão subiu por sua coxa e eu me inclinei para beijar sua orelha. Ela suspirou, inclinando a cabeça quando movi seus cabelos e passei a língua pela curva de seu pescoço.

Ela se afastou para olhar em meu rosto, jogando os olhos rapidamente para as dançarinas numa comunicação silenciosa. *Aqui?*, ela estava perguntando. *Enquanto elas dançam e se tocam no palco?*

Outra dançarina girava num poste dourado debaixo de um holofote que acentuava cada movimento acrobático de seus braços e pernas graciosos enquanto seu corpo dançava sob o ritmo da música que tocava ao fundo. A cena era realmente erótica e eu senti meu pau endurecer tanto pelo show como pela reação de Sara.

Eu sorri e me ajeitei na cadeira para sussurrar em seu ouvido.

– No que você está pensando?

– Você precisa perguntar?

– Talvez eu queira ouvir você falar.

Ela engoliu em seco.

– Nós vamos fazer? – havia um desejo em sua voz. Uma ponta daquela pequena inflexão que eu tinha ouvido mais cedo no Black Heart.

– Talvez não *tudo*, minha flor – eu disse, deixando meus dedos subirem ainda mais, puxando a calcinha para o lado e acariciando as dobras suaves de seu sexo.

– Você ainda está molhada por minha causa?

Ela voltou a engolir com dificuldade e lambeu os lábios.

– Sim.

Mergulhei um dedo dentro dela.

– Você gostou da nossa transa hoje? Ainda consegue me sentir dentro de você? – pressionei mais fundo e ela teve um pequeno soluço, deixando os lábios entreabertos e brilhantes debaixo da luz suave.

– Alguém pode nos ver – ela murmurou, deixando a cabeça cair para trás e fechando os olhos. Sara não conseguia encontrar palavras quando acrescentei outro dedo, empurrando os dois ao mesmo tempo. Eu sorri ao vê-la perder o fôlego e imediatamente se tornar incoerente.

– E não é esse o objetivo?

– Câmeras...

Olhei para cima e encolhi os ombros.

– E o que você faria, minha doce Sara? Se alguém a visse desse jeito? Isso deixaria as coisas mais quentes? Você gozaria na minha mão assim que ouvisse passos no corredor?

Ela gemeu baixinho e eu não conseguia parar de olhar para o discreto movimento das minhas mãos debaixo da saia e o jeito como ela abria mais as pernas para me acomodar. Eu gostava de quando ela se amolecia para mim, permitindo que eu a posicionasse do jeito que quisesse. Mas também gostava dela daquele jeito, desesperada e não se importando com nada.

Eu gemi, apertando meu pau sob a calça porque, *Deus*, será que sempre seria assim? Será que eu sempre a desejaria desse jeito que me deixava febril e completamente estúpido?

Eu queria colocá-la em meu colo para que ela me cavalgasse, queria escutar seus gemidos e que gritasse meu nome de novo e de novo, queria ouvir o eco reverberando no grande espaço até o teto. Seus gritos nos envolveriam, chegariam até as pessoas no palco e todas as dançarinas saberiam que ela era minha.

Claro, não podíamos fazer isso, e quando um pequeno gemido escapou dos lábios dela, eu me inclinei e sussurrei um "shh" em seu ouvido. Seus olhos estavam presos no palco onde uma garota dançava com os seios à mostra, e no meio da escuridão do auditório eu mal conseguia enxergar o rosto de Sara. O farfalhar do tecido chamou minha atenção para seus seios, os quais ela apertava, beliscando o mamilo em uma parte da camisa que estava levemente aberta. E o fato de que ela estava excitada com o quê e onde estávamos fazendo – sendo observada e também observando – bom, só de pensar eu já ficava duro, quase gozando na minha calça.

Meu coração martelava contra meu peito e eu segurei meu pau, olhando e ouvindo Sara chegar cada vez mais perto do clímax. Sob o brilho das luzes do palco eu podia ver o suor em sua testa, podia sentir suas contrações em meus dedos. Seus sons mudaram, cada vez mais longos a cada círculo do meu polegar sobre seu clitóris.

Senti meu orgasmo se acumulando.

– Sara – eu disse, mas ela imediatamente tomou minha boca num beijo desesperado. Eu queria poder registrar o momento com alguma câmera, quando ela mordeu meu lábio e puxou, e sua língua apareceu para sentir meu sabor.

Sua respiração acelerou e senti seu corpo se contrair, senti seu orgasmo percorrer seus membros, quente e selvagem, com seus gemidos abafados pela música do palco. Ela estendeu o braço para abrir meu zíper, mas eu já estava fazendo isso.

– Oh, sim – eu disse, praticamente me derretendo no assento. Minha cabeça caiu para trás e eu me entreguei para a sensação. – Vai, minha flor, mais rápido. Mais forte.

Não demorou e senti meu prazer subir por minhas costas e explodir em luzes em meus olhos fechados quando gozei, pulsando na mão da Sara.

A música de repente parecia ensurdecedora e eu abri os olhos, sentindo um calor escapar por meu pau antes de finalmente retornar para meu corpo. Pisquei várias vezes até enxergar o sorriso de Sara, com aquela expressão satisfeita de que conseguira provar mais uma vez que me possuía completamente.

– Posso riscar mais um item da minha lista – eu disse, olhando novamente para as dançarinas que ainda estavam no palco. Vi Sara procurar alguma coisa dentro da bolsa e tirar um lenço de papel para limpar as mãos. – Pelo jeito voltamos aos velhos tempos? Agora você me diz que acabou e que eu tenho que ir embora?

Sara riu.

– Afinal, como você conseguiu escapar dos seus amigos?

– Eu disse que ia ao banheiro e saí de lá.

Ela ergueu as sobrancelhas e se recostou no assento enquanto ria.

– E você desapareceu por todo esse tempo?

– É, acho que eles devem estar tentando descobrir a verdade agora. Dane-se – terminei de ajeitar minhas roupas e me inclinei sobre ela, tomando seu rosto nas mãos e passando a ponta de um dedo sobre seu nariz.

– Preciso ir.

- Sim, você precisa.
- Eu te amo, minha flor.
- Eu também te amo, meu estranho.

Cinco

BENNETT RYAN

Tinha certeza de que eu parecia um idiota. Will e Henry continuaram tomando suas bebidas e analisando o cardápio, indiferentes ao fato de eu estar sentado na frente deles, rindo à toa e sorrindo sem parar como um bobo.

Apesar da saída repentina de Max, eu ainda estava excitado por causa da diversão que havia sido perseguir Chloe, depois estapear sua bunda e comê-la no banheiro. E ela seria minha esposa.

Eu não tinha ideia de como poderia ser tão sortudo.

– Os senhores estão prontos para pedir? – o garçom perguntou, retirando os copos vazios e empilhando-os numa bandeja. Will e Henry tiraram os olhos do cardápio pela primeira vez em dez minutos e piscaram olhando ao redor da mesa.

– Max ainda não voltou? – Will perguntou, surpreso.

Sacudi a cabeça, redobrando meu guardanapo para tentar evitar seus olhares.

– Parece que não.

– Será que deveríamos esperar por ele ou...? – Henry perguntou. – Eu não me importaria de gastar uns minutos apostando no cassino enquanto esperamos.

Olhei para meu relógio e soltei um gemido; a desculpa esfarrapada de Max estava perdendo credibilidade a cada minuto que passava. Não que eu me importasse se Max fosse flagrado – isso provavelmente deixaria a noite mais divertida –, mas se ele fosse pego, então eu também seria. Tínhamos o resto do fim de semana com os caras, e Will nos infernizaria se soubesse que estávamos nos encontrando com as garotas.

E, verdade seja dita, Will era o único solteiro do grupo e era o mais focado em se divertir com os amigos. Senti uma pontada de culpa, pois, dos três que preferiam mulheres em vez de apostas, ele seria o único que *não* transaria naquele fim de semana inteiro.

– Com certeza ele vai voltar a qualquer momento – eu disse. – Acho que não estava se sentindo bem.

– Que diabos vocês dois comeram, afinal? – Henry perguntou.

Tentei pensar numa resposta e me lembrei do garçom apenas quando ele suspirou.

– Vou dar mais um tempo para os senhores decidirem – ele disse e foi embora de novo.

Will cerrou os olhos.

– É verdade, o que está acontecendo aqui? – ele disse lentamente. – Não é possível alguém ter tanta diarreia assim e sobreviver.

– Obrigado pela observação de muito bom gosto – deixei o guardanapo no prato e me levantei. – Vou até lá para saber quanto tempo ele vai demorar. Vocês dois podem pedir por nós. Vou querer o filé. Mal passado – comecei a me afastar e parei, virando para eles novamente. – Ah, e peçam mais uns drinques – acrescentei um sorriso. – É por minha conta.

O clima no restaurante mudava com o avanço da noite. As luzes no teto e ao redor do salão trocaram de brilho e agora inundavam a tudo com tons de dourado. A música estava mais alta, não o bastante para atrapalhar as conversas, mas o suficiente para se sentir uma batida no peito como se fosse um segundo coração. Agora estava parecendo mais uma boate do que um restaurante e isso facilitou minha saída discreta para enviar uma mensagem a Max.

`Onde diabos você está?`

Fiquei andando de um lado a outro na porta do restaurante, tentando pensar se conseguiria sair de lá sem que ninguém percebesse. Meu celular vibrou pouco mais de um minuto depois.

`Já estou chegando. Só mais uns dois minutos.`

`Precisamos conversar`, eu respondi. `Encontro você na entrada`

Olhando para trás para ter certeza de que Will e Henry não estavam me seguindo, eu desci as escadas para encontrá-lo.

O térreo do cassino estava agitado. O som de risadas e comemorações pairava sobre as mesas de apostas e uma dupla de policiais estava de pé na entrada, conversando com um grupo de manobristas.

Max apareceu na porta e parou na minha frente, abotoando o casaco e ajeitando a gravata.

– Sempre tão impaciente – ele disse, olhando duas vezes para os policiais antes de agarrar meu braço. – Podemos conversar deste lado? – Ele me guiou para longe dali.

– Ah, isso é reconfortante. Você está fugindo da polícia agora? Jesus Cristo, o que está acontecendo? Por acaso agora eu sou seu cúmplice? – disse eu, passando a mão nos meus cabelos.

– Quando menos você souber, melhor, meu amigo. Acredite em mim.

– E a história do banheiro, Max? Sério? Essa foi a melhor desculpa que você conseguiu pensar?

– E por acaso a sua foi muito melhor? Uma úlcera? Você está perdendo seu jeito. O Ben que eu conheci na faculdade ficaria envergonhado. O amor suavizou você.

Suspirei, olhando para trás.

– Você sumiu há quase uma hora. Por que diabos demorou tanto?

Ele abriu um grande sorriso. E parecia feliz. Mais do que feliz, como se não tivesse nenhuma preocupação no mundo inteiro. Eu conhecia essa expressão; eu mesmo estava assim dez minutos atrás.

– Acabei de dar um orgasmo sensacional para minha cara metade, meu amigo.

– Certo, certo. Eu não precisava saber disso.

– Olha só quem fala – Ele alongou o pescoço. – Então, como estão os garotos?

– Substituindo o sangue por vodca e discutindo a beleza dos diferentes cortes de carne.

– Então, vamos voltar para o jantar?

Ele começou a passar por mim, mas eu o impedi segurando seu braço.

– Olha, você sabe o que eu estive fazendo e eu sei o que você esteve fazendo. Em Nova York, dez minutos com Chloe já bastam para eu me sentir sortudo. Elas ficarão aqui apenas esta noite. Vamos ajudar um ao outro.

Seu rosto ficou sério e ele assentiu.

– Por acaso sou o único que acha irônico hoje ser dia dos namorados e *nós* é que estamos correndo atrás delas feito idiotas?

– Sim, isso já me ocorreu – eu disse. Aquelas duas nos deixavam malucos. – Precisamos de um plano. Não vai ser difícil jogar nossos amigos num coma alcóolico, mas isso não vai durar muito. E o Will está suspeitando cada vez mais.

– Concordo – ele disse. – Até onde você acha que ele sabe?

– Não sei. Henry não parou de beber ou de olhar para as fichas de pôquer em seu bolso a noite toda, mas Will... acho que ele desconfia que nós dois estamos sofrendo de algum horrível problema intestinal.

Max gemeu.

– Eu vou precisar encontrá-la de novo, cara. Tenho que ser honesto. Ela está aqui e... bom, eu gostaria de comparecer mais uma vez – Ele me encarou e eu assenti, compreendendo muito bem o que ele estava passando. – Will nunca vai parar de me pentelhar se descobrir que eu não consigo passar nem um único fim de semana sem encontrá-la. Você o ouviu na limusine. Eu gosto muito dele, mas às vezes ele é um pé no saco, e não quero dar mais motivos além daqueles que ele já tem.

– Exatamente. Meu irmão também adora pegar no meu pé sobre a Chloe e o fato de eu ter dormido com ela enquanto ainda trabalhava para mim. Se ele descobrir sobre isso, nunca mais haverá um Natal em que a família inteira não vai ficar discutindo sobre *aquela vez na despedida de solteiro*. Nem pensar.

– Certo.

- Então, e agora? Como podemos encontrá-las sem que ninguém saiba.

Max andou de um lado a outro em frente à recepção antes de se virar para mim.

- Acho que já sei.

- Diga.

- Acho que... - ele estava olhando para o chão, ainda juntando as peças. - Acho que... precisamos distraí-los, não é? Mas também queremos que Will se divirta bastante.

Concordei.

- Mas não pode ser mais bebidas. Aqueles dois beberam a noite inteira e ainda estão de pé. Não quero que eles desmaiem por aí.

- Obviamente - Max puxou seu celular e começou a procurar em seus contatos. Eu estava inquieto e olhava para todos os lados, esperando que Henry fosse aparecer e me arrastar pelo colarinho de volta para a mesa.

Quando virei de volta para Max, ele havia escolhido um número.

- Para quem você está ligando?

- Para o Sr. Johnny French.

- Afinal, como você conhece esse cara? É algum velho amigo?

Max riu.

- Eu não o chamaria de amigo. Acho que *ele* não chamaria ninguém de amigo, na verdade. Mas ele me deve favores, e como você já sabe, o Johnny conhece o tipo de gente que pode nos ajudar.

- Estou com medo de pensar no que isso vai dar.

- Tenha um pouco de fé, meu amigo. Will é um cara que gosta de mulheres. Então nós vamos apenas... ajudar um pouco.

- Ajudar?

Max deu de ombros.

- Você quer dizer, arrumar uma *prostituta*? - eu praticamente gritei.

Max me silenciou e olhou ao redor.

- Quer falar um pouco mais alto? Além disso, eu não sabia que você era tão puritano. Estou um pouco surpreso - ele disse. - Uma distração. Estamos arranjando uma *distração* para ele.

- Mas...

Ele ergueu um dedo para me silenciar e ligou o viva-voz no celular. A ligação chamou algumas vezes e um homem de voz grossa atendeu. Era o próprio Johnny French.

- O que posso fazer por você, Max? Mais uma vez - ele disse.

- Como vai sua noite, senhor French? - Max perguntou.

- Continua tudo bem.

- Espero não ter te acordado.

Uma risada rouca preencheu a linha.

- Engraçado. Muito engraçado. E quanto a você? Encontrou tudo como esperava?

Max sorriu e ergueu uma sobrancelha, e então percebi que eu realmente não tinha ideia do que exatamente Max fizera na boate. Eu sabia que envolvia Sara, mas agora eu estava começando a imaginar se os detalhes seriam... mais sórdidos do que eu havia pensado originalmente.

- Foi ótimo. Mais do que ótimo. Claro, como de costume. Você tem um belo estabelecimento por aqui.

- Bom, estou feliz que tenha gostado. Agora, desembucha logo.

- Queria pedir um favor.

- Disso eu sabia.

- Então, acontece que estamos com uma dificuldade e precisando de uma ajuda.

- Estou ouvindo.

- Precisamos de uma distração.

- Uma distração.

- Sim. Sara está aqui, como você já sabe. Mas nossos amigos também estão.

- Entendo... E você quer se livrar deles.

– Não exatamente. Queremos apenas... que eles fiquem entretidos. Um amigo em particular. Queremos que ele fique seguro, mas... ocupado para o resto da noite.

– Para que vocês possam correr para os braços das suas garotas no maldito dia dos namorados.

Max sorriu.

– Algo desse tipo.

O silêncio preencheu a linha e nós dois nos olhamos sem saber o que fazer.

– Ele desligou? – eu disse apenas mexendo os lábios.

Max encolheu os ombros.

– Você ainda está aí? – ele perguntou.

– Estou aqui. E, claro, sem problema. Eu tenho a distração perfeita para o seu amigo.

—

– Eu não confio nele – eu disse enquanto voltávamos para o restaurante.

– Pare de se preocupar. O Johnny é um cara de palavra, acredite em mim.

– Ele não parecia exatamente feliz em falar com você.

Max fechou o rosto.

– Ele não é tipo de cara que manda flores e dá beijinhos.

– Ele parecia achar que nós éramos dois filhos da mãe importunando ele.

– Mas nós *somos* dois filhos da mãe.

Nisso ele tinha razão.

– Então, e quanto ao Henry? – eu perguntei, parando na escada em frente ao restaurante.

– Você acha que ele vai ser um problema?

– Acho que se eu enfiar mil dólares em seu bolso nós só vamos reencontrá-lo na terça-feira de manhã.

- Ótimo. Então vamos aproveitar o jantar, esperar o Johnny enviar alguém e depois vamos encontrar as garotas. Se tudo der certo, só vou ver a sua cara feia de novo amanhã, daí nós começaremos esse fim de semana do jeito certo.

- Combinado - apertamos as mãos e entramos com um novo objetivo. Will e Henry estavam no mesmo lugar de antes, agora cercados por uma montanha de pratos e tigelas. Havia filé e peixe, salada com bacon, vegetais e alguns dos maiores crustáceos que eu já tinha visto.

- Uau - Max exclamou, olhando para uma quantidade de comida que provavelmente alimentaria umas dez pessoas. - Com fome?

- Nós não sabíamos o que vocês queriam - Henry disse dando de ombros. - Além disso, quem está pagando é o Ben, então...

- Está se sentindo melhor? - Will perguntou ao Max com um olhar cético.

- Muito melhor, obrigado. E absolutamente faminto.

Nós nos sentamos e Max chamou o garçom.

- Por favor, outro Macallan.

- E um Belvedere gimlet para mim - apontei para Henry e Will. - E traga para eles mais do que estiverem tomando.

- Então, o que eu perdi? - Max perguntou, cobrindo seu prato com algum tipo de batata. - Vocês finalmente pararam de bancar os difíceis e decidiram fugir juntos? Tem uma capela no andar de baixo. Vocês podiam aproveitar.

- Ah, na verdade estávamos discutindo sobre quem seria o próximo. E eu assegurei ao Henry que a *única* resposta possível era você.

- Ah, não sei - Max disse. - Nunca se sabe o que pode acontecer com uma das suas amantes.

Will deu uma risada.

- O que você acha, Stella? Acha que pode acontecer com você e Sara? - Henry perguntou.

Max sorriu, mas era um sorriso ensaiado que sempre usava quando falava sobre Sara.

– Ainda não tive essa conversa com ela, e com certeza não vou ter com vocês.

– Mas você já considerou – eu acabei afirmando. Nunca havia visto Max tão apaixonado por alguém quanto pela Sara. E eu conhecia esse sentimento. Ele deve ter ao menos considerado a opção.

– É claro – ele respondeu. – Mas estamos juntos há pouco tempo. Temos tempo.

Outra rodada de bebidas chegou e Max apanhou seu drinque, levantando-o para um brinde.

– Ao Bennett e à Chloe. Que suas discussões sejam raras, e, se não forem, o que é mais provável, ao menos que terminem em sexo selvagem.

Brindamos e bebemos. O salão parecia expandir e encolher, então dei um tempo na vodca e apanhei minha água.

– Bom, mal posso esperar para fazer umas apostas – Henry disse, esfregando as mãos juntas. – Conversei com alguns dos crupiês mais cedo. Fiquei um pouco desapontado por eles usarem probabilidades livres e não existir aposta de fogo, mas enfim, não dá para ganhar todas.

– Uau. Parece que você... realmente estudou o assunto – eu disse, considerando por um momento se deveria me preocupar de fato.

Ele encolheu os ombros e cortou seu filé. Fiz uma anotação mental que se ele mostrasse qualquer sinal de que perderia o controle, eu teria de intervir. Quem disse que não sou um bom irmão?

Continuamos com o jantar e Max e eu compartilhamos alguns olhares conspiratórios. Justo quando Will pediu licença para ir ao banheiro, Max recebeu uma mensagem no celular.

– Ela chegou – Max sussurrou. Ele digitou algo e enviou. – Eu descrevi o que o Will está vestindo e disse que ele estará perto da entrada do restaurante. É hora do show.

– Está fácil demais – eu disse, olhando ao redor, sentindo um frio na barriga. – Desde que conheci Chloe, nada na minha vida tem vindo fácil assim.

– Relaxa. Não estamos trapaceando na bolsa de valores, estamos apenas arrumando um jeito de dar uma escapadinha para transarmos. Calma.

– Uau.

Levantei os olhos quando ouvi a voz de Henry e segui seu olhar pelo salão. Uma mulher havia parado Will quando ele voltava para nossa mesa. Ela era linda, com longos cabelos ruivos e maquiagem tão bem aplicada que até parecia uma obra de arte. Ela usava um vestido curto incrustado de joias e sorriu ao vê-lo, pousando a mão em seu braço.

Mas...

Cutuquei Max e apontei, recostando na cadeira para ele poder ver melhor.

– Será que é *ela*? – seus olhos se arregalaram, depois ele apertou o olhar, como se estivesse tentando ver mais de perto e entender o que não estava se encaixando.

– Mas o que... – Henry exclamou e eu concordei. Max começou a digitar furiosamente no celular enquanto eu e Henry continuamos a observar Will. Ela era quase da mesma altura que ele e o levou até o bar. Parecia que Will iria oferecer um drinque para ela.

– Estou confuso. Aquela é uma...?

Will olhou para nossa mesa e encontrou meus olhos. E de repente, eu explodi numa risada quando entendi tudo. Johnny tinha nos sacaneado, e Will sabia exatamente o que nós tínhamos feito. Nosso plano estava oficialmente indo para o ralo.

– Aquele filho da mãe – Max praguejou. Mas eu não tive tempo de perguntar, pois parecia que a ruiva estava prestes a fisgar o Will.

Ficamos olhando em silêncio quando a ruiva se aproximou e sussurrou algo em seu ouvido. A mão dela era grande – maior do que a minha – e ela acariciou seu peito. Ele riu, sacudindo a cabeça antes de assentir para nós na mesa.

Com um sorriso sedutor, ela agarrou a camisa dele e o puxou, beijando-o profundamente. Pois é.

Ele se levantou cambaleando um pouco e voltou para nossa mesa. Quando se sentou, nós olhamos uns para os outros, sem ter certeza do que havia acontecido realmente. Will ficou em silêncio por um momento, piscando várias vezes antes de apanhar seu drinque. Ele tomou a bebida num gole só e depois respirou fundo.

– Vocês são um bando de filhos da mãe – ele disse, recostando-se na cadeira e jogando um camarão na boca. – Mas em se tratando de beijar um cara, até que não foi tão ruim assim.

—

– Eu estou bêbado demais ou nós acabamos de contratar um travesti para distrair nosso amigo? – eu perguntei ao Max.

Ele não respondeu, apenas mostrou a tela do celular com a mensagem mais recente. Era uma foto da mão do Johnny, com o dedo do meio levantado. Perfeito.

Eu tive que rir, baixando meu drinque na mesa com mais força que pretendia.

– Não vou dizer que eu te avisei, mas eu te avisei.

– Vá se ferrar – Max passou as mãos nos cabelos. – Isso não vai ficar assim – ele disse. Will estava vasculhando a bandeja de sobremesas, rindo muito ainda. – Ele esperou pelo momento certo só para nos ferrar completamente. Você tem ideia do que eu já fiz hoje para ficar com a minha garota? Eu escapei da despedida de solteiro do meu melhor amigo. Eu roubei uma limusine. Contratei uma *drag queen* para o meu outro melhor amigo, Bennett.

Talvez fosse o álcool no meu sangue, ou o absurdo da situação, mas comecei a rir e não consegui parar.

– Acho que o Ben finalmente enlouqueceu – Henry disse. – Quem apostou que seria hoje? – ele tirou um pedaço de papel amarrotado do bolso com as apostas de cada um. – Droga. Foi o Max.

Eu me recostei na cadeira e esfreguei o rosto. Max estava certo, aquilo definitivamente não poderia ficar assim.

Seis

MAX STELLA

O barulho misturado das vozes no bar, dos copos tilintando e das máquinas caça-níqueis era ocasionalmente interrompido pela risada do maior sacana de todos os tempos: Will.

– Agora fico pensando se *você* já recebeu uma chupada de um travesti sem nem perceber – ele disse num tom provocador.

Eu dei de ombros, sentindo o humor da situação se acumular até eu também começar a rir sem parar.

– Aposto que, se recebi, deve ter sido *fantástico*.

– Uma sucção mais firme – Bennett concordou, rindo.

– Uma língua maior para o equipamento, se é que você me entende – eu acrescentei.

– Mas que droga. Agora você está me fazendo achar que eu deveria ter dado uma chance a ela – Will levantou seu copo vazio para o garçom. – Para onde vamos agora?

– Pensei em dar um pulo no bar do Chandelier – eu sugeri, e Bennett se endireitou instantaneamente. – Ou voltar para o Bellagio?

– Alguém sabe onde está o Henry? – Bennett perguntou, olhando ao redor por apenas alguns segundos antes de se decidir que não se importava o bastante para se levantar.

Mas, de repente, Chloe e Sara apareceram vindo de um canto, de braços dados e indo direto para uma mesa de *blackjack* apenas a alguns metros do bar. Bennett se ajeitou instintivamente, o que chamou a atenção de Will.

– Vocês devem estar brincando comigo – Will gemeu, seguindo o olhar de Bennett. Murmurando um obrigado para o garçom, ele apanhou seu drinque. – Elas nem sabem que vocês estão aqui, não é? Meu Deus, elas sabem. É por isso que vocês têm agido feito idiotas a noite inteira. É como se vocês quatro tivessem um imã implantado no meio das pernas – ele suspirou. – Tudo faz sentido agora.

Eu me levantei com Bennett, alongando os braços acima da cabeça antes de enfiar a camisa para dentro da calça. Will poderia me sacanear o quanto quisesse, mas eu iria encontrar Sara.

– Bom, pelo menos você vai ficar aqui tempo o suficiente para terminar sua bebida – eu disse, apontando para o drinque de Will. – Cavalheiros, se me permitem, eu vou tentar minha sorte nas mesas de *blackjack*.

Saí do bar e me dirigi para a mesa onde as garotas estavam. Encontrando um lugar ao lado de Chloe, olhei para Sara nos olhos, sentada do outro lado, e dei uma piscadela.

– Max – ela disse com um sorriso.

– Minha flor – eu a cumprimentei com um aceno de cabeça.

Tirando algumas fichas do meu bolso, pedi ao crupiê para trocar por fichas menores e apostei algumas.

– Está na hora de fazer um pouco de dinheiro – Chloe informou à mesa.

– Eu adoraria ver isso – eu murmurei, franzindo o rosto quando o crupiê mostrou minha carta. Um cinco de copas.

– Eu também – Bennett se sentou na última cadeira vazia da mesa, do lado oposto de Chloe e ao lado de Sara. Entre Sara e eu havia um homem magro usando um enorme chapéu de caubói branco e um bigode fantástico.

Quando minhas cartas somaram vinte e cinco, eu me virei para olhar o homem mais detalhadamente.

– Cara, esse bigode é *brilhante*.

Ele agradeceu mexendo na aba do chapéu antes de perder a mão somando vinte e dois.

Chloe não pediu nenhuma carta, e o crupiê revelou que ela tinha um às e um valete de espadas. A casa tinha um valete na ascendente, mas quando virou a carta do furo, revelou um rei. O crupiê pagou Chloe, depois recolheu as cartas com um único movimento.

- Não disse? - Chloe cantou, dançando na cadeira e jogando um beijo para Bennett. - Hoje é meu dia de sorte.

Ele respondeu erguendo levemente uma sobrancelha.

Olhando pelo salão até o bar, eu avistei Will, que estava tomando seu drinque e mexendo no celular. Ele ergueu os olhos e me flagrou, enviando um silencioso gesto de "vá se ferrar". Eu respondi com um tchauzinho, dizendo que voltaria logo.

Acontece que o *blackjack* estava divertido. Chloe estava ganhando tudo. E embora Bennett e eu estivéssemos perdendo sistematicamente todo nosso dinheiro, nós não nos importamos nem um pouco. O crupiê era simpático, a risada de Sara era contagiante e o Bigode começou a contar as melhores piadas sem graça do mundo.

- Um médico entra no consultório - ele disse, correndo os dedos sobre o bigode e piscando para Chloe -, cumprimenta o paciente na sala de espera e pega um bloco para anotar alguma coisa.

O crupiê passou nossas cartas com a face para baixo e todos olharam para a mesa a tempo de ver as cartas de face para cima chegarem.

- Ele percebe que está segurando um termômetro e franze o rosto. "Mas que droga", ele diz, "algum cuzão ficou com a minha caneta".

E, por causa de seu senso de humor fácil de agradar, Sara explodiu numa risada, caindo no veludo verde da mesa e parecendo mais adorável do que nunca. Ela já estava corada por causa da bebida, porém mais do que isso, ela parecia estar no céu. Quando levantou o rosto e me flagrou olhando para ela, seu sorriso diminuiu como se um calor líquido tivesse se derramado em suas veias. Seus olhos baixaram até minha boca. Encontrá-la no teatro foi a melhor decisão da minha noite.

Pensando bem, fora a única boa decisão. Dei uma piscadela e lambi meus lábios.

- Vocês dois vieram aqui para transar ou jogar cartas? - Chloe perguntou, decidindo manter seu nove de copas; a mesa tinha um seis e ela acabou perdendo quando o crupiê virou um sete e depois um nove.

– Fecha essa matraca – eu disse num tom de brincadeira.

– Um jovem entra num bar – disse o Bigode quando o crupiê limpou a mesa, e eu decidi que ele era o melhor estranho para se dividir uma mesa de *blackjack*. O crupiê começou a embaralhar as cartas. – Ele pede dez doses de uísque. O barman diz, "Vai devagar, garoto", mas serve as dez doses mesmo assim.

Eu gostava do Bigode por causa do bigode, é claro, mas também pelo fato de que ele parecia passar muitos aniversários sozinho. Ele tinha um jeito que misturava sossego e desespero, mas aqui estava ele, contando piadas sujas com um requinte perfeito para um bando de estranhos. Eu nem me importei quando seu olhar passou a ficar cada vez mais bobo e carregado quando olhava e sorria para Sara. Não podia culpá-lo; eu mesmo não tive escolha a não ser me apaixonar por ela; Sara era tão irresistível quanto a gravidade.

– Então, lá estavam as dez doses em frente ao garoto magricela. Ele vira uma atrás da outra sem nem piscar. "Uau", diz o barman, "o que você está comemorando?".

Sara já estava rindo, e eu me virei para observá-la, maravilhado. Ela nunca deixaria de ser um mistério para mim, como agora, antecipando piadas sujas de um estranho de bigode em Las Vegas.

O Bigode riu, sacudindo a cabeça.

– "Minha primeira chupada", diz o garoto. O barman olha surpreso e diz: "Nesse caso, deixe-me oferecer mais uma dose".

O Bigode parou, olhando para Sara com expectativa.

Com as duas mãos no ar fazendo uma dancinha da vitória, Sara gritou:

– O garoto dispensa. "Não, obrigado. Se dez doses não conseguiram tirar o gosto, mais uma não vai fazer diferença!"

Ao nosso redor, todos riram e eu percebi que estávamos atraindo uma pequena multidão. Chloe estava numa sequência de sorte, o Bigode era engraçado, já eram quase duas da madrugada e nossa mesa era claramente a mais divertida no cassino inteiro. Sara e o Bigode bateram as mãos enquanto o crupiê dava as cartas, mostrando um sorrisinho divertido.

O carteado se transformou num borrão de bebidas e piadas, com as comemorações de Chloe apenas interrompidas pelas risadas histéricas de Sara. Voltando de repente para a realidade, eu me virei, procurando por Will no bar. Já fazia um tempo desde que eu havia dito que voltaria logo. Eu havia perdido completamente a noção do tempo.

Ele já não estava mais lá.

Puxei meu celular, olhando com resignação para minhas duas últimas fichas de vinte e cinco dólares, e enviei uma mensagem para ele.

`Já acabamos. Onde você está?`

Ele respondeu logo depois.

`Encontro vocês no Chandelier. Estou recebendo um trato da travesti.`

- Filho da mãe - eu murmurei, enquanto o Bigode começava outra piada.

Mas o som de sua voz se perdeu quando uma mão tocou em meu ombro.

- Senhor Stella?

Olhei para cima e encontrei um homem de terno preto com uma expressão muito séria.

- Sim?

- Gostaria que o senhor e o senhor Ryan me acompanhassem, por favor.

Sem questionar, nós nos levantamos, trocando expressões confusas e seguindo o homem para longe da mesa. Eu me virei, mostrei um sorriso tranquilizador para Sara e disse que estava tudo bem apenas movimentando a boca.

Afinal, o que havíamos feito de errado?

—

Ele nos conduziu por uma porta de serviço e por um longo corredor vazio, depois entramos por outra porta. Entramos em uma sala branca em que havia uma mesa de metal não muito diferente daquela na boate de Johnny, e três cadeiras dobráveis.

– Sentem-se – o homem indicou uma cadeira para cada um de nós, depois se virou para sair.

– O que está acontecendo? – Bennett perguntou. – Nós seguimos você até aqui por educação. O mínimo que você poderia fazer é nos dizer por que pediu para deixarmos nossa mesa.

– Esperem pelo Hammer – o homem fez um gesto para a cadeira vazia e saiu.

—

Eu me recostei na cadeira e Bennett se levantou, andando inquieto por alguns momentos antes de suspirar e se sentar de novo. Ele pegou o celular e digitou alguma coisa, provavelmente para Chloe.

– Isso é ridículo – ele murmurou.

Eu concordei, mas quando fui acrescentar algo, ouvimos passos vindos do corredor.

Dois caras entraram pela porta, vestindo terno preto, com cabelo raspado e mãos do tamanho de melancias. Acho que nenhum deles era mais alto do que eu, mas eu tinha a nítida impressão de que possuíam mais treinamento em combate corpo a corpo do que eu.

Eles nos encararam por aquilo que pareceu vários minutos de silêncio. Analisando, senti uma gota de suor frio escorrer por minha testa, pensando se eles eram os donos da limusine que eu havia... *emprestado*. Eles definitivamente ou eram motoristas de limusine ou mafiosos.

Ou, talvez, fossem policiais disfarçados que vieram nos repreender por contratar uma prostituta. Nós chegamos a pagar? Será que ela poderia nos encontrar? Ou talvez alguma câmera tenha nos flagrado em nossas escapadas públicas? Eu fiz mentalmente uma lista dos telefonemas que precisaria fazer caso fosse acusado de atentado ao pudor. Advogado, Sara, mãe, sócio sacana, irmãs histéricas. Depois pensei em todas aquelas fotos que saem nos jornais de pessoas que são flagradas transando em carros, pontes, escolas, e lembrei que era *por isso* que Sara e eu apenas usávamos os estabelecimentos do Johnny. Nosso fetiche era muito mais sofisticado.

Agora que os homens entraram na sala, Bennett estava sentado em sua cadeira parecendo tão relaxado quanto estaria numa reunião de cúpula da empresa. Colocou uma das mãos no bolso, a outra em cima da coxa, e encarava os dois homens sem piscar.

– Boa noite, senhores – eu disse, decidindo que alguém deveria começar a festa. Os homens eram grandes, brutos, valentões, parecendo que haviam saído de alguma história em quadrinhos ou de algum filme do Tarantino. Eu quase fiz uma piada, só umazinha.

O primeiro a falar foi o mais baixo – embora não *muito* mais baixo – e sua voz era tão grave quanto a de uma garotinha de cinco anos.

– Eu sou o Hammer. Este aqui é o Kim.

Ao meu lado, Bennett Ryan estava bêbado o bastante para dizer:

– Gostei da ironia. Nos dois casos.

O cara que se apresentou como Hammer encarou Bennett por um bom tempo antes de perguntar:

– Sabem por que pedimos para o Leroy trazer vocês dois aqui?

Eu respondi "Humm, não", ao mesmo tempo que Bennett disse "Bom, definitivamente não foi porque ganhamos tudo nas mesas".

Quando ele disse isso, e pela primeira vez desde que entramos na sala, me ocorreu que estávamos ali mais provavelmente por alguma coisa relacionada ao jogo do que por causa de carros roubados ou indecência pública. Em vez de sermos fichados e liberados, teríamos nossos dedos quebrados por um eunuco chamado Hammer e um bruto chamado Kim. Perfeito.

Hammer sorriu e disse:

– Vocês têm ideia de quantos cretinos como vocês nós trazemos até aqui? Saindo num fim de semana com seus amigos babacas, pensando que vão usar o cartão de crédito do papai para ganhar uns trocados nas mesas e tentar impressionar suas namoradas feiosas?

Limpando a garganta, Bennett perguntou:

– Você acha mesmo que nós parecemos dois homens que ficariam excitados ganhando apenas uns trocados?

Kim, que de algum jeito conseguia ser maior, mas menos intimidador por causa de seus dois brincos de rubi, se inclinou para frente, batendo o punho na mesa e fazendo a sala inteira tremer. Não deixei de notar que Bennett praticamente não havia se abalado. Eu com certeza tive um sobressalto; achei que a mesa fosse quebrar com a porrada.

– Você acha que está na casa da sua mamãe? – Kim rosnou, com sua voz que era tão grave e masculina quanto a do Hammer era fina e feminina. – Você acha que isso é um maldito jogo?

Bennett continuou impassível.

O homem se virou para mim, com as sobrancelhas erguidas como se eu tivesse que falar por nós dois.

– Não – eu disse, mostrando meu melhor sorriso relaxado. – Se eu estivesse na casa da minha mãe, ela nos ofereceria cerveja Guinness e batata frita.

Ignorando minha piadinha, Hammer deu um passo para frente.

– O que você acha que a casa faz quando flagra um contador de cartas?

– Cara, eu não saberia contar as cartas nem se fosse treinado pelo próprio Rain Man. Agora, o que a casa faria? Sei lá.

– Você se acha engraçado?

Eu me recostei na cadeira, exalando pesadamente. Aquilo era uma loucura.

– Eu acho que estou *confuso*. Perdi todas as minhas fichas. Mesmo se estivéssemos contando as cartas, então não somos muito bons nisso. Eu não consigo nem imaginar o que estamos fazendo aqui.

– Os melhores contadores perdem de propósito de vez em quando. Você acha que contando vai ganhar sempre?

Eu suspirei, inclinando para frente e apoiando os cotovelos nos meus joelhos. Não estávamos chegando a lugar algum com aquelas perguntas retóricas.

– Posso contar um segredo?

Hammer pareceu surpreso e se endireitou.

– Diga.

- Eu nunca havia jogado *blackjack* na minha vida. E esse cara aqui? - eu disse, gesticulando para Bennett. - Ele negocia os preços de todos os drinques, apesar de serem *de graça*. Ele nunca *aposta* em nada.

Rindo, Kim disse alguma coisa que tinha a ver com as regras do *blackjack*, mas eu obviamente não entendi e já era muito tarde da noite para eu tentar entender.

Bennett se inclinou, genuinamente curioso.

- O que foi que você acabou de falar?

Pela primeira vez desde que havíamos entrado ali, eu vi o canto da boca de Kim se curvar, como se estivesse reprimindo um sorriso. Ou um rosnado. Não tinha certeza exatamente.

- Vou dar duas opções - Hammer disse. - Um, eu quebro os seus dedos. Ou dois, eu quebro a sua cara.

Eu pisquei incrédulo, sentindo um breve momento de orgulho por ter previsto corretamente nossa punição. Mas alguma coisa não se encaixava. Só porque nunca havia jogado *blackjack* em Las Vegas, não significava que eu vivia debaixo de uma pedra. Quebrar dedos e caras parecia um pouco extremo para dois homens suspeitos de contar cartas.

- Me dê suas mãos - Kim disse, batendo na mesa.

- Você deve estar brincando - Bennett respondeu, rindo com incredulidade.

- Vou começar com o mindinho - Hammer disse. - Ninguém precisa do mindinho.

- Vá se ferrar - eu rosnei, sentindo uma mistura de impaciência e indignação crescendo em meu peito. - Posso ter sotaque britânico, mas sou cidadão norte-americano, seu filho da mãe. Se você vai começar a falar em violência, é melhor trazer um policial ou um advogado até aqui.

A porta se abriu com violência, e o maldito *Will* apareceu, aplaudindo lentamente. Senti minhas veias congelarem e relaxei na cadeira.

- Seu maldito filho da mãe - eu disse, suspirando.

– Foi perfeito! – ele sorriu para Hammer e Kim, e eu gemi, deixando minha cabeça cair na mesa. Eu deveria saber. – Você estava com raiva, mas foi convincente – ele disse para mim. – Você poderia ter batido na mesa com indignação para dar o efeito completo, mas gostei quando invocou seus direitos americanos. Realmente me comoveu – ele bateu no peito, fazendo uma cara de choro.

Enquanto Hammer e Kim davam um passo para o lado, rindo, Bennett se levantou e andou até Will. Por um segundo pensei que ele fosse dar um soco ou chutar as bolas dele, mas então percebi que ele estava sorrindo. Olhou em seus olhos por três segundos, depois deu um tapinha em seu ombro antes de simplesmente sair pela porta.

– Mandou bem – ele murmurou antes de desaparecer no corredor.

Hammer e Kim se aproximaram de mim, estendendo a mão e sorrindo com simpatia.

– Desculpa, cara – Hammer disse. – O senhor. Johnny French estava disposto a dar uma ajudinha ao Will. Nós só queríamos sacanear você um pouco.

– Parecia a maneira mais fácil de afastar vocês das garotas – Will disse, balançando-se nos calcanhares.

– Bom, enquanto você nos manteve aqui, tenho certeza de que Chloe ganhou tudo lá na mesa.

– Ela se saiu muito bem – Will concordou. – Ganhou pelo menos alguns milhares.

– Vamos lá – Kim disse, ajudando a me levantar e batendo em minhas costas. – Volte para lá e beba alguma coisa.

– Uma coisa eu posso garantir – eu respondi, apertando sua mão –, ficarei longe de qualquer jogo de cartas.

—

– *Sou cidadão norte-americano!* – Will gritou, depois desabou no sofá, rindo histericamente. Era provavelmente a décima vez que ele gritava isso nos últimos quinze minutos.

– Então. Você pagou cem dólares para aqueles homens nos darem um susto. Valeu mesmo a pena?

– Bom, vocês claramente não ficaram assustados – Will admitiu. – Mas seu grito de guerra patriótico no final vai me acompanhar pelo resto dos meus dias.

– Foi realmente incrível – Bennett concordou.

Sentamos ao redor de uma mesa de vidro baixa num elegante bar do Bellagio, relaxando em sofás macios de camurça e bebendo aquilo que parecia ser nossa milésima rodada de drinques. O álcool começou a me afetar finalmente; até então, eu ainda não me sentia bêbado de verdade. Mas com minha adrenalina sumindo devagar das minhas veias, e sabendo que as garotas estavam seguras dormindo em algum hotel, meus membros se tornaram pesados com os efeitos de nossas aventuras e do álcool acumulado.

Ao nosso redor, o bar estava silencioso; já eram mais de duas da madrugada, e a maioria das pessoas estava nos cassinos ou em algum dos bares mais chamativos.

Com o canto do olho, enxerguei um homem se aproximar de nossa mesa. Ele vestia terno, um fone de ouvido, parecia um segurança diferente; os garçons abriram caminho para ele e o cumprimentaram nervosamente. Com certeza, alguém importante estava vindo em nossa direção, e já que Will estava sentado conosco, achei que ele não tivesse nada a ver com isso dessa vez.

– Cavalheiros – o homem disse, de pé ao lado da mesa. – Vocês devem ser Bennett, Max e Will.

Nós confirmamos.

– O Sr. Ryan, seu irmão, se juntou a nós na sala das altas apostas – o homem disse. Então, era lá que Henry estava. – Mas seu celular está sem bateria e ele pediu para que eu checasse como vocês estão. Meu nome é Michael James Hawk, e sou vice-presidente de relações com clientes aqui do Bellagio.

Olhei para meus amigos para ver quando eles perceberiam que, para algumas pessoas, esse homem era conhecido como Mike Hawk. E claro, em inglês isso é um nome meio absurdo. Soa como "my cock", "meu pau". Ha, ha. Enfim, Will fechou os olhos por um momento, engoliu com dificuldade e depois abriu de novo, tentando se conter. Bennett assentiu, e para minha completa fascinação, precisou morder os lábios para reprimir qualquer reação.

– Eu queria me assegurar que vocês estão aproveitando sua estadia – o senhor Hawk continuou, olhando para cada um de nós em sequência.

– Tem sido ótima – eu respondi, sem conseguir tirar os olhos de Bennett. Eu não via nada assim com ele há mais de uma década: seu lábio tremia, ele cobria com um dedo, e seus olhos começaram a lacrimejar. Finalmente, ele olhou para mim... e então *explodiu* numa risada.

Com a mão espalmada em frente ao rosto, Ben se recostou no sofá e tremia de tanto rir, bêbado e cansado o suficiente da insanidade da noite para perder completamente a compostura diante de Mike Hawk. Ao seu lado, Will estava com o rosto vermelho coberto pelas duas mãos.

– Desculpe – Will disse entre os dedos. – Não queremos parecer mal-educados, senhor Hawk. Mas é que tivemos uma longa noite.

Eu sorri e acrescentei:

– Muito obrigado por checar como estamos. Diga ao Henry que estamos bem.

O senhor Hawk não era um homem alto e não parecia tão intimidador quanto os executivos de cassino nos filmes de Hollywood. Ele tinha uma altura média, com um rosto redondo e amigável, e olhos cheios de compreensão. Ele riu um pouco, sacudindo a cabeça antes de ir embora apenas dizendo para aproveitarmos nossa estadia.

– Gostaria de deixar registrado – eu comecei a dizer quando ele saiu – que eu fui o único que conseguiu manter a cara séria.

– Mike Hawk! – Bennett praticamente gritou para mim, baixando a mão e revelando os olhos vermelhos de tanto rir. – Como é possível manter a compostura diante disso? É quase como encontrar um maldito *unicórnio*.

Will concordou e depois suspirou, deixando a cabeça cair no encosto do sofá.

– Puta merda, isso provavelmente foi o ponto alto da minha noite.

- A noite é uma criança - disse Bennett lentamente enquanto se recuperava. Então, olhou para o copo vazio de Will. - Peça outro.

- Não. Já está muito tarde para você me deixar bêbado e tentar me levar para a cama.

- Garçom! - eu gritei, sorrindo maliciosamente. - Um uísque para o rabugento aqui. E traga a garrafa inteira.

- Já disse, Max, não vou beber isso - Will desviou o rosto fingindo estar bravo. - É tarde demais para você fingir que me ama.

O garçom deslizou a dose de uísque em frente ao Will e, com uma piscadela, deixou a garrafa inteira ao lado.

Will olhou para mim, olhou para a garrafa, depois sacudiu a cabeça.

- Não.

—

- Acontece que - Will disse, tropeçando nas palavras e jogando o braço por cima do meu ombro. - As mulheres são *complicadas* - ele sacudiu o dedo em frente ao meu rosto. - Quantas vezes você já encontrou uma garota com quem quisesse passar um tempo igual ao que estamos passando *agora*? - ele arrastou o "agora" por uns cinco segundos, depois lançou o braço para frente e tentou apanhar a bebida. Precisou de umas duas tentativas até conseguir.

- Apenas uma vez - eu admiti. - E mesmo com Sara, é diferente do que me divertir com vocês. Eu tento não falar tantos palavrões - esfreguei meu queixo, pensando. - Mais ou menos.

- Você maneirando nos palavrões é igual eu maneirar em... - Will perdeu o fio da meada e ficou pensando. - ... alguma coisa. Estou com fome - ele esfregou o rosto e olhou para o relógio. Fiz a mesma coisa, com meu celular. Já eram quase quatro e meia da madrugada. - Na verdade, estou cansado. Vamos nos encontrar para o café da manhã às dez horas e recomeçar essa coisa de despedida de solteiro amanhã.

Nós três nos levantamos, pagamos a conta e nos dirigimos para os elevadores, cada um buscando sua chave no bolso para mostrar ao segurança.

Ficamos em silêncio quando as portas se abriram. Eu já estava bem alegre por causa da bebida e pronto para um amasso com minha garota lá em cima. Eu mal podia esperar para saber o que aprontaríamos no dia seguinte.

Sete

BENNETT RYAN

A voz de Will quebrou o silêncio no elevador.

– Será que não deveríamos estar pelo menos um pouco preocupados com Henry lá na sala de altas apostas?

Coloquei a mão no bolso do meu casaco e tirei o cartão de crédito do meu irmão – o único que sua esposa, Mina, permitiu que ele levasse quando saiu de casa.

– Não faço ideia do que ele está jogando, mas é melhor continuar ganhando ou seu dinheiro vai acabar e o único cartão em seu bolso vai ser aquele que abre a porta do quarto do hotel.

– Perfeito – Max murmurou, encostando na parede do elevador. – Estou acabado.

Will suspirou, observando os números aumentarem na tela dos andares.

– Sabe, apesar de vocês serem dois cretinos, até que conseguiram planejar uma noite divertida.

– Boate de strip, emergências médicas de mentira, um jantar fantástico, roubo de carro, um travesti, Chloe ganhando dinheiro e quase fomos espancados por dois capangas – Max disse, endireitando-se. – Nada mal, hum?

Will se virou para encará-lo.

– E não se esqueça do Mike Hawk. Eu acho que, principalmente para vocês dois, Mike Hawk foi uma figura proeminente nas atividades da noite – Will soluçou quando as portas do nosso andar se abriram. – Eu diria que vocês são dois escravos das suas mulheres, mas talvez sejam até pior do que isso.

Fiquei olhando quando o sorriso de Max mudou de satisfeito para sacana.

– Will. Meu *querido* – ele colocou a mão em seu rosto. – Mal posso esperar pela garota que vai fazer o chão sumir dos seus pés. Você acha que sabe de tudo. Você acha que está contente com seu apartamento discreto, suas corridas de triatlo e seu esquema de amantes. Quando a garota certa aparecer, vou gritar que eu avisei e não vou poupá-lo quando você se tornar um romântico incorrigível. – com um tapinha em seu rosto, Max se afastou, rindo pelo corredor. – Mal posso esperar, meu amigo.

Will observou Max se arrastando, depois olhou para mim como se eu fosse acrescentar algo ao sermão. Mas eu só encolhi os ombros.

– Eu assino em baixo. Quando você encontrar a garota certa, nós ficaremos felizes por você, mas também ficaremos felizes em sacanear você como se não houvesse amanhã.

– É por isso que eu gosto de vocês – ele murmurou, dando um leve soco no meu peito antes de se dirigir para o lado oposto ao corredor.

Depois de me despedir, andei até meu quarto, desejando saber onde Chloe estaria hospedada. Mesmo exausto e bêbado, eu ainda pegaria um táxi para encontrá-la.

—

Assim que entrei, parei no closet para pendurar meu casaco. E então, eu congelei. Pendurado num cabide de madeira estava a lingerie que Chloe usara na boate, cujas pequenas joias brilhavam debaixo da luz fraca que invadia o quarto pela janela.

Continuei pelo quarto, esperando confirmar aquilo que meu coração acelerado já havia concluído: ela estava aqui, em minha cama, esperando por mim. E realmente, lá estava um montinho no formato da Chloe, dormindo em meio aos cobertores e travesseiros da enorme cama.

Tirando minhas roupas e descartando-as pelo chão, eu subi por cima dela, apoiado nos meus braços e pernas. Sem tocá-la, ainda, apenas olhando: um emaranhado de cabelos castanhos contra os lençóis brancos, olhos fechados e pálpebras tremendo enquanto sonhava, lábios úmidos, vermelhos e implorando para serem beijados. Tudo debaixo do pescoço estava coberto por seu casulo de cobertores, e quando olhei para o ritmo constante de sua pulsação no pescoço delicado, eu me senti um pouco como um predador. A excitação de poder fazer isso – beijá-la, acordá-la, fodê-la – ainda era tão intensa quanto há quase dois anos, quando, pela primeira vez, pudemos finalmente passar um tempo a sós num hotel.

Erguendo as cobertas, eu deslizei ao seu lado e percebi que ela não estava vestindo nada além da minha camiseta. Debaixo, seu corpo estava nu. Era uma das minhas situações favoritas com Chloe: quando seus membros estavam pesados e lentos por causa do sono, assim como sua voz, mais suplicante e profunda.

Comecei a me cobrir quando Chloe percebeu que eu estava na cama com ela. Notei que ela havia tomado banho: o estranho perfume fora substituído pelo aroma de seu sabonete. Beijei a curva dos seios sobre a camiseta e levantei o tecido para lamber uma linha entre o umbigo até a doçura de seus quadris.

Dedos curiosos correram em meus cabelos e as pontas tracejaram meu queixo até chegarem aos lábios.

– Pensei que estava sonhando – ela sussurrou.

– Isto não é um sonho.

Agarrando meus cabelos, ela abriu as pernas debaixo das cobertas porque sabia agora que eu estava ali e daria aquilo que ela mais adora no mundo. Me mexi até ficar com o meu rosto no meio de suas pernas, então soprei uma lufada de ar quente entre elas, provocando e adorando a maneira como se contorceu, implorando por mim, oferecendo seus pequenos gemidos de prazer. Era uma dança que eu adorava: beijando os quadris, as coxas, respirando tão próximo daquele doce pedaço de pele. O quarto estava frio, mas sua pele já estava úmida de suor, e com um único dedo eu facilmente deslizei pelo calor de seu sexo. Minha Chloe gritou, numa mistura de alívio e necessidade.

Chloe não implorou para eu acelerar, pois já sabia que eu faria mais lento, só para provocar. Ela estava em minha cama, em meu quarto, já sendo minha esposa para todos os efeitos, e eu não tinha intenção alguma de me apressar, pois havia passado a noite toda pensando nela e não tinha nenhum compromisso logo de manhã, a não ser ficar com ela.

Deixei que sentisse minha respiração e meus dedos, beijei sua barriga, provei sua pele. *Meu Deus, ela é linda*, eu pensei, com seus braços esticados sobre minha cabeça, buscando uma âncora que o resto de seu corpo não encontrava. Seus quadris mexiam na minha frente, procurando, até que eu não aguentei a sua sedução, seu calor e sua doçura. Eu a beijei gentilmente apenas uma vez, fechando meus olhos contra a intensidade de tudo isso.

Eu queria mais. Eu queria, como sempre, achar um jeito de chupá-la e fodê-la ao mesmo tempo, e no momento em que minha língua deslizou por cima de seu clitóris eu enlouqueci, abrindo a boca e devorando-a inteira. Com um grito, ela mergulhou as mãos ainda mais em meus cabelos, raspando os quadris em mim até encontrarmos um ritmo fácil e perfeito. Ela era doce e quente, as pernas subiram por meus ombros e deslizaram para as costas, fechando-se sobre mim até que a única coisa que eu conseguia ouvir era o som abafado de suas súplicas e o farfalhar dos lençóis enquanto ela se movia contra minha boca.

Seu corpo não conseguia decidir o que queria – língua ou a pressão dos meus lábios, então eu decidi por ela, faminto após uma noite de sexo apressado e escondido, com tão pouca intimidade. Eu a envolvi com minha boca, chupando e lembrando-a de que *é assim que eu te amo, suave e loucamente ao mesmo tempo.*

Eu me perco completamente em você.

Seu corpo já era tão familiar para mim, todas as curvas e detalhes, o sabor de seu sexo enquanto ela progredia de sonolenta para selvagem. E embora eu tivesse começado querendo provocá-la, eu não conseguia mais; seu orgasmo era sempre um precursor do meu próprio. Ela gozou rapidamente, deixando as pernas caírem para os lados, curvando as costas até seus gemidos silenciarem e as coxas pararem de tremer. Chloe se ergueu, apoiou-se nos cotovelos e ficou me observando.

Eu a beijei subindo pelo umbigo, empurrando a camiseta por seu corpo e expondo toda a maciez dos seios.

– Olá, meus queridos.

– Você se divertiu hoje? – ela perguntou, ainda com a voz rouca de prazer e sono.

– Definitivamente foi uma noite interessante – meus dentes encontraram a parte de baixo de um seio, depois minha língua subiu pela curva até chegar ao mamilo.

– Bennett?

Fiz uma pausa em meu ataque gentil a seu seio e flagrei uma incerteza em seu rosto.

– Humm?

– Tudo bem mesmo que a gente tenha feito isso? Ter invadido sua despedida de solteiro? Quer dizer, isso basicamente dominou sua noite.

– Você acha mesmo que eu não fiquei totalmente surpreso por você ter invadido a boate?

Ela fechou os olhos, sorrindo um pouco. Bem pouco.

– Ficar surpreso não é a mesma coisa que ficar contente.

Terminei de tirar a camiseta puxando por seus braços, depois prendi seus pulsos sobre a cabeça usando a própria camiseta para amarrá-la.

– Nós temos todo o fim de semana para celebrar o fim da solteirice. Realmente não vejo problema algum no que você fez – eu me abaixei e chupei seu pescoço. – Na verdade, se você parar de fazer loucuras como essa só para me agradar, você pode me decepcionar um pouco.

– Um pouco? – eu podia ouvir o sorriso em sua voz.

Olhando para seu rosto, para os cabelos espalhados no travesseiro, os olhos pesados com desejo e satisfação em igual medida, tive a sensação de voltar no tempo. Como diabos havíamos chegado ali? Aquela mulher em minha cama era a mesma que eu odiara por vários meses, a mesma com quem eu transava com tanta necessidade e raiva. E agora, ela estava em meu quarto, no fim de semana da minha despedida de solteiro, usando o anel da minha avó, com as mãos amarradas com minha camiseta favorita, a mesma que ela declarara posse algum tempo atrás.

Chloe inclinou a cabeça, olhando em meu rosto.

– Ei, para onde você foi?

Fechei os olhos, engolindo com dificuldade.

– Estava apenas lembrando.

Ela esperou, estudando minha expressão.

– Estava lembrando de tudo e...

– E...?

– Pensando em como nós começamos... e como era antes. Estava tentando me lembrar da última mulher com quem fiquei antes de você. Acho que eu nunca contei sobre aquela noite.

Debaixo de mim, ela riu.

– Isso tem potencial para uma conversa tão romântica – Chloe se ajeitou um pouco, raspando sua pele molhada em meu pau.

– Apenas ouça – eu murmurei e a beijei. – Ela era minha acompanhante na festa de arrecadação de fundos da Millenium Organics. Você também estava lá...

– Eu lembro – ela sussurrou, observando meus lábios.

– Você estava usando um vestido... – eu suspirei. – Nossa. Aquele vestido. Era...

– Vermelho.

– Sim. Mas não era só vermelho. Era um vermelho vibrante. Um vermelho ardente. Você parecia uma maldita sirene diabólica... O que na verdade até combina bem com você. Enfim, a Amber era minha acompanhante e...

– Loira. Alta. Peitos de plástico? – ela perguntou, claramente se lembrando daquela noite. Fiquei um pouco satisfeito por saber que ela prestava atenção mesmo naquela época.

– Exatamente. E ela era... – eu suspirei, lembrando-se da minha completa apatia durante toda aquela noite. – Era legal. Mas não era *você*. Eu estava obcecado por você, mas de um jeito realmente *fer-*

rado. Eu adorava encontrar maneiras para te irritar só para ver sua reação. Eu adorava quando você ficava brava comigo, porque eu achava que significava que eu era o foco de seus pensamentos naquele momento, por mais que fossem pensamentos de raiva.

Ela riu de novo, esticando-se para beijar meu pescoço, chupando de leve.

– Seu psicopata.

– Naquela noite, você estava pegando um drinque no bar, e eu me aproximei e fiz alguma piadinha. Nem lembro mais o que eu disse. Mas tenho certeza de que era uma piada pesada e desnecessária – eu fechei meus olhos, lembrando-me de seu rosto, o jeito como ficou me olhando cética, sem nenhum traço de interesse. – Você olhou para mim e *riu* antes de apanhar seu drinque e ir embora. Aquilo me devastou, eu acho, embora só tenha percebido muito mais tarde. Eu já estava acostumado ao seu jeito de reagir aos meus insultos com pequenas indicações de mágoa, raiva ou frustração. Mas quando não vi absolutamente nada além de indiferença... Ah, merda! Aquilo foi o fim da linha para mim.

– Eu também não me lembro do que você falou – ela admitiu. – Mas tenho certeza de que eu me esforcei muito para não esboçar reação.

– Nós fomos embora pouco depois. Amber e eu – acariciei o corpo de Chloe, passando pelos seios até chegar ao rosto. Eu a olhei nos olhos e admiti: – Eu transei com ela. Mas foi horrível. Você ficava aparecendo na minha mente. Eu fechava os olhos e imaginava como seria te tocar. Tentei imaginar os sons que você faria quando gozasse e a sensação de estar dentro de você. Foi assim que *eu* gozei. Mordi o travesseiro para não gritar seu nome.

Chloe expirou longamente, e então percebi que ela estava prendendo a respiração.

– Foi na casa dela ou na sua?

Olhei novamente em seus olhos. Por que aquilo era relevante?

– Na casa dela. Por quê?

Encolhendo os ombros, ela sussurrou:

– Curiosidade.

Continuei analisando seu rosto e pude ver as engrenagens girando com alguma curiosidade privada em seus pensamentos.

Beijando-a novamente, eu perguntei:

– O que você está pensando, sua diabinha?

Ela sorriu para mim, como se tivesse sido flagrada.

– Estava pensando... em que posição você estava.

Senti uma onda gelada percorrer meu sangue.

– Você está gostando de ouvir sobre isso porque quer me imaginar com outra mulher?

Ela sacudiu a cabeça imediatamente e seus olhos se tornaram sombrios. Suas mãos se fecharam em punhos ao redor do nó acima de sua cabeça.

– Gostei de ouvir que você estava pensando em *mim*. Eu só... quero ouvir mais sobre isso.

– Eu estava em cima dela – eu murmurei, desconfiado. – Foi a primeira e única vez que transamos. Tenho certeza de que ela não se impressionou nem um pouco com meu desempenho.

Chloe se ajeitou, mudando a posição de suas mãos e continuando a me observar com fascínio. *Pensando, pensando, pensando.*

– Antes de você transar com ela – Chloe disse, olhando para minha boca. – Quando vocês estavam na casa dela. Ela chupou você?

Encolhendo os ombros, eu admiti:

– Acho que sim. Um pouco.

– E você?

– Se eu chupei ela? – eu perguntei, e Chloe confirmou. – Não.

– Você usou camisinha?

– Eu sempre usei camisinha – eu disse, rindo. – Antes de você.

Ela sorriu e revirou os olhos.

– Certo – mas então, suas pernas subiram pela minha cintura. – Antes de *mim* – tudo que eu precisava fazer era mexer meus quadris um pouco e conseguiria entrar nela. Porém, conversar sobre isso desse jeito, nu por cima dela, parecia perfeito. Não tínhamos segredos. – Ela gozou?

Suspirando, eu admiti:

– Ela fingiu.

Chloe riu, pressionando a cabeça contra o travesseiro para me enxergar melhor.

– Tem certeza?

– Sim. Foi um show impressionante, mas um pouco exagerado.

– A pobre garota não sabia o que estava perdendo.

– Aconteceu só alguns dias antes da nossa primeira vez na sala de conferência – eu sussurrei, beijando o canto de sua boca. – Acho que eu já estava apaixonado por você. Mas agora, quando me lembro daquela noite com a Amber, sinto como se fosse uma traição. Acho que é por isso que estou te contando agora.

O rosto dela ficou sério.

– Amor, *não* foi uma traição.

– Eu nunca faria isso, sabe – eu disse, quase perdendo a voz. Estendendo meu braço, eu a desamarrei e esfreguei seus pulsos delicadamente. – Eu não poderia.

Ela assentiu e eu beijei uma trilha começando no pescoço até chegar aos lábios inchados. Inchados por minha causa. *Putz, ela deve estar toda dolorida.* Mesmo assim, Chloe baixou os braços, agarrou meu pau e esfregou em sua entrada quente.

Quando me beijou, ela gemeu silenciosamente contra minha língua.

– Sua boca agora tem o meu sabor.

– Como isso pôde acontecer? – eu disse ironicamente, mordiscando seu lábio inferior.

Erguendo os quadris, ela me puxou para dentro, sentindo uma urgência repentina.

– Calma, diabinha – eu sussurrei, tirando e mergulhando de novo lentamente, gemendo em seu pescoço. – Não vá tão rápido – a sensação era como mergulhar num mel, muito liso e muito doce. – Tão bom. Você é gostosa demais, Chloe.

– Como você sabia?

Eu parei por um instante e puxei meus quadris para trás, tentando interpretar sua pergunta.

– Como eu sabia que você estava dolorida?

Ela assentiu.

Esse era seu jogo predileto, no qual eu contava todos os detalhes que percebia. Eu prestava atenção, e ela adorava isso.

– Você cavalgou meus dedos com bastante força na boate.

Ela admitiu, fechando os olhos e correndo as mãos em minhas costas.

– E eu não fui muito delicado lá no banheiro.

– Não mesmo – ela sussurrou, virando a cabeça para lamber meu ombro.

Comecei a mexer num ritmo lento e suave dentro dela.

– Então, quando te chupei, não fiquei surpreso por sentir que você estava um pouco inchada.

– Por favor, mais rápido – ela ofegou, mas eu não obedeci.

– Nada de ir mais rápido – eu disse em seu ouvido –, é o sexo devagar que me deixa louco. É quando eu consigo sentir você melhor, ouvir cada som que você deixa escapar. Posso imaginar como estamos debaixo das cobertas. Posso pensar em quantas vezes vou fazer você gozar. Não tenho tempo de pensar nisso tudo quando estou comendo você com força numa boate ou num banheiro de cassino.

Ela ofegou e depois prendeu a respiração, silenciosamente implorando para gozar. Chloe correu as mãos em minhas costas, meu pescoço e rosto. Senti o toque gelado de seu anel de noivado, pensando, *putz, essa mulher vai ser minha esposa, vai ter meus filhos, vai compartilhar minha casa e minha vida. Ela vai me ver envelhecer e provavelmente enlouquecer. E vai prometer me amar no meio disso tudo.*

Eu levantei meu corpo para poder ver o que estava fazendo. Mas as mãos dela apanharam meu rosto e voltaram minha atenção para seus olhos.

- Ben?

Tentei recuperar meu fôlego e senti o suor pingando da minha testa.

- Sim?

Chloe lambeu os lábios e engoliu com dificuldade.

- Estou muito apaixonada por você - seu polegar deslizou para dentro da minha boca e eu a mordi, arrancando um gemido de dor. - E qualquer coisa que aconteça fora disso, fora de nós dois dessa maneira...

- Eu sei.

Nós compartilhamos um olhar desesperado, um acordo mútuo e silencioso onde concordávamos que nunca seria o bastante, que talvez a vida ideal fosse exatamente como agora, sozinhos e nos tocando, mas nossa realidade nunca seria viver assim exclusivamente. Por isso ela invadiu minha festa de solteiro, mas não iria embora amanhã. Por isso eu não conseguiria ficar longe, sabendo que ela estava na mesma cidade.

E aqui ela estava - minha - com os membros pesados e febris debaixo de mim, os quadris pressionando de volta para ter aquilo que precisava. Chloe sempre pertenceria a mim - em casa, no trabalho, na cama - e esse pensamento despertou meu orgasmo que se acumulava.

Ela estava perto do clímax, mas infelizmente, eu estava ainda mais perto.

- Vai, minha linda. Eu... Eu não vou conseguir...

Suas mãos agarraram meus quadris, a cabeça afundou no travesseiro.

- Por favor.

Meu corpo todo se flexionou, os quadris impulsionavam loucamente, meu orgasmo retido apenas por um fio.

- Vamos senhorita Mills, goze!

Era a voz que eu usava com parcimônia para que nunca perdesse o efeito sobre ela. Com o peito corado, ela se arqueou sobre a cama, puxando as coxas sobre seu corpo para que eu entrasse mais fundo. Com seus lábios abertos num grito sufocado, ela se dissolveu num orgasmo debaixo de mim.

Nunca vou me cansar da visão de Chloe gozando. A pele corada, os olhos cerrados, a boca formando meu nome. Tudo isso sempre me lembrava de que eu era o único homem que dava prazer a ela daquela maneira. Chloe então deixou os braços caírem exaustos e molhou os lábios com a língua.

– Nossa – ela sussurrou, tremendo.

Um alívio correu através de mim, abrindo as comportas e permitindo a meu corpo continuar, cego para tudo que não fosse a sensação de estar dentro dela. Estava tão macia, tão molhada... Minhas costas se curvaram quando eu gozei, gritando no meio do quarto silencioso.

Meu grito ecoou no teto quando desabei em cima dela, suado e pesado. Eu queria mergulhar o rosto em seu pescoço e dormir por ao menos três dias.

Ela riu, gemendo com o meu peso.

– Sai de cima de mim, incrível Hulk.

Rolei para o lado, praticamente afundando no colchão ao lado dela.

– Putz, Chloe. Isso foi...

Ela se aninhou em mim.

– Muito, *muito* bom – mordendo meu queixo, ela disse: – Vou precisar de ao menos dez minutos antes de começar de novo.

Eu ri, e então comecei a tossir quando a ficha realmente caiu.

– Meu Deus, mulher. Acho que vou precisar de um pouco mais do que isso. Vamos só ficar aqui abraçados por um tempo.

Com um pequeno beijo em meu pescoço, ela sussurrou:

– Mal posso esperar para você se tornar o senhor Bennett Mills.

Abri meus olhos imediatamente.

- Como é?

Sua risada foi profunda e rouca.

- Você me ouviu.

Agradecimentos

Queremos agradecer a nossa agente, Holly Root, nossos parceiros de crime (maridos e filhos), nossos leitores fantásticos e nossos amigos e famíliares que aguentam nossos olhares vidrados quando pensamos sobre um novo capítulo no meio de um almoço.

Obrigada a todas as pessoas maravilhosas da Gallery Books. Obrigada, Jen e Lauren.

E agradecemos muito ao nosso editor, Adam Wilson, que entende que calcinhas são melhores aos montes.